Ella Spychalski

Über den Strich

Erinnerungen

Spychalski, Ella:
Über den Strich
Erinnerungen

Herstellung: Books on Demand GmbH
1. Auflage, 2001

Umschlaggestaltung
unter Verwendung eines
Schliffentwurfes von
Bruno Spychalski (1976)

ISBN 3-8311-2463-9

Die Erinn'rung ist eine mysteriöse
Macht und bildet die Menschen um.
Wer das, was schön war, vergisst, wird böse.
Wer das, was schlimm war, vergisst, wird dumm.

Erich Kästner

Für Bruno

Inhalt

Der Fuchsschwanz	7
Butterblumen	10
Über den Strich	12
Der Holländer	14
Meeresrauschen	16
Der Weihnachtsfrieden	18
Freunde	21
Straßenbahn Karlsruhe 1942	23
Ein Mittagsgast	28
Räume meiner Kindheit	30
Samstags baden	35
Dorfgeschichten	37
Sandbankgespräche	45
Südstadtwalhalla	47
Feuerwerk	49
Alma	51
Großmutter	54
Lauras Zahn	57
Sieben Chefs	59
Nachlese	96
Popcorn und Tränen	101
Stationen eines Abschieds	103
Die verlorene Frömmigkeit	109
Portugal, eine Winterreise	112
Das hab' ich versprochen	139
Zu Risiken und Nebenwirkungen...	143
Alte Frauen	148
Späte Romanze	150
Hallo, kleine Oma	154
Mord in Dartmoor	157

Der Fuchsschwanz

Mit der Überschrift Fuchsschwanz soll keine Geschichte von der Jagd und den Gejagten angekündigt werden. Es soll auch nicht vom rotblühenden Gartenfuchsschwanz oder dem Gras, das Wiesenfuchsschwanz heißt, die Rede sein. Schon gar nicht soll über eine Säge berichtet werden. Der Fuchsschwanz, von dem hier erzählt wird, war weder in der häuslichen Werkzeugkiste noch in Wald und Flur zu finden. Aber eine Trophäe war er schon.

Er lag zu meiner Kinderzeit ganz unten im elterlichen Kleiderschrank, dort, wo auch das heißbegehrte Doktorbuch mit dem viel versprechenden Titel „Die Frau als Hausarzt" versteckt war. Aus Letzterem bezogen mein Bruder und ich in aller Heimlichkeit und nicht ohne ein gewisses Entsetzen unseren auf das Thema „Fortpflanzung" reduzierten Sexualkundeunterricht. Die Seiten mit den entsprechenden bildlichen Darstellungen schlugen sich beinahe von allein auf, wenn man in dem dicken Wälzer blätterte.

Hier soll berichtet werden von einem rostroten, ungefähr vierzig Zentimeter langen Gebilde aus echtem Haar, das man wunderschön flechten konnte. In den zwanziger Jahren wurden solche falschen Zöpfe in die Frisur der Frauen eingearbeitet und mit Hilfe von Haarnadeln zu einem eleganten Aufbau am Hinterkopf gruppiert, den man im Badischen ein „Nest" nannte. Schon damals und vereinzelt noch heute gab und gibt es im Schwäbischen als Gegenstück zu diesem Gipfel der Eitelkeit die sogenannte „Pietistenzwiebel". Dabei handelt es sich um einen am Hinterkopf sitzenden straffen Knoten (bei spärlichem Haarwuchs ein Knötchen), dem ein exakter Mittelscheitel sozusagen richtungsweisend vorausgeht. Diese Haartracht signalisiert auch dem psychologisch Ungeschulten Sparsamkeit und Sittenstrenge der so Frisierten. Aber auch das ist ein anderes Thema.

Der hier in Rede stehende Fuchsschwanz ist deshalb von Bedeutung, weil er das i-Tüpfelchen oder seiner Form wegen besser das Ausrufezeichen am Ende einer wunderbaren Liebesgeschichte ist. Diese Geschichte beginnt in einem kleinen Odenwalddorf oder richtiger in zwei etwa zwölf Kilometer Luftlinie von einander entfernten kleinen Odenwalddörfern. In dem einen wurde zu Beginn des 20. Jahrhunderts als siebentes von zwölf Bauenkindern ein Mädchen geboren, dem man den Namen Ida gab, nicht etwa weil Ida „Die Vortreffliche" oder „Die Jugendstarke" heißt, sondern weil das Fest der Heiligen Ida wenige Tage nach dem Geburtstag des Kindes im Kalender steht. So wurde das immer gehandhabt, wenn den Eltern des Täuflings nichts Gescheiteres einfiel.

Als einziges der zwölf Hessenbauernkinder hatte die kleine Ida leuchtend rostrotes Haar. Das machte sie zur Außenseiterin, und darunter hatte sie zu leiden von frühester Kindheit an. Weil Mädchen mit so unverschämt roten Haaren nach Meinung der Eltern nie und nimmer einen Mann bekamen, und weil sie ein besonders begabtes Kind war, wurde ihr eine bescheidene Ausbildung zuteil.

Das Schicksal oder der liebe Gott wollte es, dass zeitgleich im oben erwähnten anderen Dorf der schmucke Leo heranwuchs. Er war der dritte von vier Söhnen eines kleinen Bauern und hatte, wie man so sagt, nicht viel zu erben. Besagter Leo nun, schlank, blauäugig, schwarzbraun gelockt und von sanfter Wesensart, begegnete zum dafür vorgesehenen Zeitpunkt der zu einer eigenwilligen Schönheit erblühten Ida, und die beiden verliebten sich auf der Stelle heftig ineinander. Weil aber in der ländlichen Heimat kein Platz und kein Auskommen für das junge Glück war, beschlossen sie, in die Großstadt auszuwandern – und das mitten in der Weltwirtschaftskrise.

Was fangen Bauernkinder in der Stadt an? Ida wurde Dienstmädchen in einem Offiziershaushalt und ihr Leo Fuhrmann in einer Speditionsfirma. Mit Pferden konnte er umgehen, das hatte er gelernt. Es dauerte kein Jahr, da fanden sie eine billige Wohnung im fünften Stock eines Miethauses. Die Zimmer waren klein, die Wände schräg, der Fuhrmannslohn bescheiden, aber sie konnten endlich eine Familie gründen.

„Und sie lebten glücklich bis an ihr seliges Ende", würde es jetzt im Märchen heißen. Nicht so in unserer Geschichte. Unserer jungen Frau fehlte ein Rest zum vollkommenen Glück: Jetzt, wo sie nicht mehr auf dem Dorf lebte, wollte sie endlich keine roten Haare mehr haben. Der Stadtfriseur würde das schon machen. Mit dem Traum vom Haarefärben stieß sie bei ihrem sonst so sanften Leo auf entschiedenen Widerstand. „Du gefällst mir gerade so, wie du bist", lautete sein Kommentar, und dies war wohl das schönste Kompliment, das er seiner Liebsten je gemacht hat.

Um dem Glück im wahrsten Sinne des Wortes die Krone aufzusetzen, wurde ein künstlicher Zopf in genau der Farbe, die der jungen Ida bis dahin so viel Kummer bereitet hatte und die der Friseur begeistert Tizianrot nannte, erstanden. Sie muss prächtig ausgesehen haben mit ihren rostroten Locken und dem elegant aufgesteckten „Nest", und die beiden waren sicher für eine Weile sehr, sehr glücklich.

Besagter Fuchsschwanz ist ebenso wie das eingangs erwähnte Doktorbuch in den Wirren des Zweiten Weltkrieges abhanden gekommen. Schade eigentlich! Ich hätte ihn gern in Ehren gehalten, denn eine Trophäe war er schon.

Butterblumen

Strahlender Sonnenschein auf Wiese, Scheune, Schäferhütte. Es ist wohl Frühling, da tragen die Kinder noch lange Strümpfe. Und es muss Sonntag sein, weil Mutter und Großmutter und die anderen Großen Zeit haben für einen Schwatz im Freien. Mein Onkel August, mein großer, schöner, geduldiger, schwarzlockiger Schäferonkel, ist da. Er schenkt mir ein Lamm. Wackelig steht es auf seinen streichholzdünnen Beinen, mäht kläglich, guckt dumm, leckt ein bisschen an meiner Hand. „Du darfst es mit der Flasche aufziehen", sagt der Onkel. Liesele werde ich es nennen. Ob es bald Butterblumen mag? (Hasen fressen lieber Löwenzahn, fällt mir ein.)

Einer der Verwandten hat einen Fotoapparat zur Hand. Ich werde „abfotografiert" mit meinem Lamm. Das Foto habe ich noch. Das Format verrät, dass es mit einer „Box" gemacht ist. Die gab's damals für fünf Reichsmark.

Alles ist krumm auf dem Schwarzweißbild: Der Saum des weißen Sonntagskleidchens, meine stämmigen Beine mit den ewig rutschenden Strümpfen, die dünnen Stelzen des Tierkindes, meine Ponyfrisur, sogar die Bäume und der Horizont. Alles ist so krumm und so naiv und so schön. Ich hab' sie gern: Das Liesele, den Onkel, die Butterblumen und alle und alles.

Wo sind sie hingekommen? Ich mag mir das Schicksal meines Lammes nicht ausmalen. Der Onkel muss ein paar Jahre später im Panzerwagen halb Russland erobern. Er überlebt Sibirien mit knapper Not. Nach seiner Heimkehr zieht er ein Leben lang mit Schlapphut, Schäfermänteln und Schäferschippe vor seiner Herde her. Mit der Natur kennt er sich aus wie kein Zweiter. Tausend Geschichten weiß er zu erzählen. Im Herbst 1984 haben wir ihn beerdigt. Nur die Butterblumen, die werden auch im nächsten Frühling wieder blühen. Da bin ich ganz sicher.

Über den Strich

Ich erinnere mich an den Geruch des Putzmittels in der Kinderschule. Der lag an dem Sägemehl, das mit einem streng riechenden Öl getränkt war. Dieses Zeug wurde auf die grauen Holzdielen gestreut und dann zusammengefegt. Die Sägemehleimer standen in der dunklen Putzkammer vor dem Heizungskeller. Wer nach Meinung der Kinderschulschwester sehr böse war, wurde dort zur Strafe eingesperrt.

Die Schwester trug eine strenge schwarze Nonnentracht. Stirn und Hals waren mit gestärktem weißem Leinen bedeckt. Man sah nur das liebe, ovale Gesicht und die Hände. Manchmal, wenn sie mit uns spielte, rutschte eine kinnlange dünne Strähne ihrer glatten roten Haare aus dem Schleier. Das war für uns sehr aufregend. Die Schwester war jung, sie hieß Frontine und konnte wunderschön singen. Ich hatte sie lieb, trotz der Besenkammer.

Wenn ich Geburtstag hatte, bekam ich ein Kränzchen auf, und alle sangen ein Lied für mich. Wenn der Herr Geistliche Rat Namenstag hatte, kam er in unseren „großen Saal". Er saß vor uns in einem geschmückten Sessel, und wir sangen, tanzten Reigen und sprachen Gedichte.

Die Kinder aus dem Kindergarten, die in dem Stockwerk über uns ihre Räume hatten, waren auch dabei. Im Kindergarten waren die Kinder von „besseren Leuten", bei uns gab es nur Arbeiterkinder und noch ärmere. Von den Kindergartenkindern bekam der hochwürdige Herr jedes Mal einen riesigen Gladiolenstrauß. Das ärgerte mich.

Einmal blieb eines der „besseren" Mädchen – sie hieß Elvira und hatte auch werktags richtig schöne Kleidchen an – beim Aufsagen des Gratulationsgedichtes dreimal stecken. Immer wieder machte sie einen Knicks und fing an: „Du guter Hirte...", und weiter kam sie nicht. Zum Schluss hat sie geweint, und ich habe mich gefreut. Damals wusste ich noch nicht, was Klassenhass ist. Mädchen mit Bleyle-Kleidern und schwarzen Ärmelschonern konnte ich auch später in der Volksschule nicht leiden.

Hinter der Kinderschule und dem Kindergarten gab es einen sehr großen Hof mit einem Baum in der Mitte und einer langen, mit wildem Wein bewachsenen Mauer an der Seite. Aus den Blättern des wilden Weines konnte man im Herbst, wenn sie als dichter, prächtig roter Teppich unter der Mauer lagen, wunderschöne Kränze und Girlanden machen.

Der Hof war unterteilt durch einen dicken weißen Strich. Auf der einen Seite durften wir spielen, die andere gehörte den „Besseren". Wer über die weiße Grenze rannte, wurde mit dem lautstark skandierten Spruch „Das wird der Schwester g'sagt: Über den Strich" abgeschleppt und von der Schwester streng ermahnt.

In einer Ecke des Hofes trockneten die Schwestern ihre Wäsche, aber man konnte keine Einzelheiten erkennen. Wir hätten so gern gewusst, was die Schwestern drunter anhatten. Später, in der fünften Volksschulklasse, hatten wir eine Handarbeitslehrerin, Fräulein Bühlmann, die trug Reformkleider und war auch sonst sagenhaft altmodisch und prüde. Bei der hätten wir das auch gern gewusst. Als sie einmal bei meiner Banknachbarin stehen blieb, warf ich mein Stecknadeldöschen auf den Boden, um der Sache auf den Grund zu gehen. Aber auch diesmal kam ich dem Geheimnis nicht auf die Spur. Es war einfach zu dunkel.

Der Holländer

Im Schlafzimmer unserer Eltern stand über Jahre ein hölzernes Schaukelpferd. Dem flachsblonden Jute-Schweif fehlte es deutlich an Fülle. Unter den Kufen lag eine mehrfach gefaltete Wolldecke. Damit sollte der gebohnerte Linoleumbelag, vor allem aber der Hausfrieden geschont werden.

Als wir für das Schaukelpferd zu groß und für Fahrräder nach Meinung unserer Eltern zu klein waren, war unser liebstes Spielzeug ein Holländer, eine Art Dreirad mit vier Rädern und einem Doppelsitz. Das Gefährt wurde durch einen sinnreichen, für uns Kinder faszinierenden Mechanismus angetrieben. Der Fahrer zog einen in Armhöhe befindlichen Griff in rhythmischen Bewegungen zu sich und konnte bei entsprechender Anstrengung ein beachtliches Tempo erreichen. Gelenkt wurde mit den Füßen auf der Vorderachse. Selbstverständlich saß mein großer Bruder vorne und zog und zog. Ich saß hinten und schrie herum. Meistens habe ich meinen Bruder kommandiert, nicht nur beim Holländerfahren.

In unserer Straße hatte kein anderes Kind so ein großartiges Fahrzeug. Unser Vater hätte den Holländer auch nicht bezahlen können, aber er hatte ihn geschenkt bekommen, und das kam so: In dem Lagerhaus, das er verwaltete, gab es Verschläge, die zu vermieten waren. Anfang der Dreißiger Jahre kamen die ersten Karlsruher Juden ins Lagerhaus, um Teile ihrer Habe einzulagern, ehe sie ins Ausland gingen. Vater hatte auf dem elterlichen Bauernhof beim Umgang mit jüdischen Viehhändlern ein paar jiddische Redewendungen gelernt. Sogar hebräisch zählen konnte er. Wenn er das gelegentlich zum Besten gab, genierten wir Kinder uns für ihn.

Den jüdischen Auswanderern war es verboten, Silber und andere Wertgegenstände einzulagern. Unser Vater, der viel zu katholisch war, um ein Nazi zu sein, erwarb mit seinen jiddischen Sprachkenntnissen das Vertrauen der sonst äußerst vorsichtigen Kunden. Es muss sich bei auswanderungswilligen Juden herumgesprochen haben, dass der Lagerist Sauer ein Auge zudrückte, wenn sie ihr Hab und Gut verstauten. Und so kam es, dass er einmal einen Holländer für seine Kinder geschenkt bekam, ein andermal zwei echte Alexanderwerk-Steinbaukästen und kurz vor dem Krieg sogar eine Laute. Das waren Luxusgegenstände, von denen man in unserem Wohnviertel nur träumen konnte.

Dass unser Vater zu Hause immer wieder gehässige Bemerkungen über den „Führer" und die „Braunen" machte, irritierte meinen Bruder und mich. In der Schule lernten wir es ganz anders, und die Überzeugung, zum größten aller Völker zu gehören und die größte aller Zeiten mitzugestalten, nahmen wir Kinder kritiklos an. Der Sport und das Singen und Wandern und Gute-Kameraden-Sein gefielen uns sehr. Als wir begriffen, wie Recht unser Vater hatte, waren wir keine Kinder mehr.

Meeresrauschen

Ein verwohntes Mietshaus in der Südstadt, dem Arbeiterviertel von Karlsruhe, Mitte der Dreißiger Jahre. In seinen fünf Stockwerken gibt es neun Wohnungen, alle ohne Bad und Klosett. Das stille Örtchen befindet sich jeweils eine halbe Treppe tiefer und wird von zwei Familien benutzt. Alle Nachbarn haben Kinder, manche „einen Stall voll". Wir, das sind meine Eltern, mein Bruder und ich, wir also wohnen im vierten Stock. Die Treppen sind aus Holz und werden jede Woche gebohnert. Beim ersten Treppenabsatz hängt ein Schild mit der Aufschrift: „Vorsicht, frisch gewachst!" Die Schrift ist ganz verblichen, weil das Pappschild schon immer da hängt.

Im Parterre, neben der breiten Durchfahrt zum Hinterhaus, wohnt der Friseur Müller mit seiner Frau. Zur Straße hin liegt der Herrensalon. Dahinter werden in einem viel zu engen Raum die Damen dauergewellt. Manchmal zieht der Friseur auch Zähne. Den Toiletteneimer mit dem deutlich blutrot gefärbten Mundspülwasser schüttet er jedesmal in den Gully auf dem Hof. Wir Kinder rennen mitten im Spiel davon, wenn wir Herrn Müller mit dem weißen Emaille-Eimer kommen sehen. Aber eigentlich ist er ein sehr freundlicher Mann.

Zu meinem Erstkommuniontag hat mir der Friseur richtige Stocklocken gemacht. Das war sein Geschenk. Am anderen Tag, als wir zum Fotografen gehen wollten, war aus der Lockenpracht ein wilder Struwwelkopf geworden, und meine Mutter griff zur Brennschere, wie sie es sonst immer am Fronleichnamsmorgen tat. Mir war diese Prozedur zuwider, weil sie nie ohne kleine Brandwunden an der Kopfhaut oder am Ohr abging. Meine Mutter meinte dann immer ungerührt, das käme nur davon, dass ich immer mit dem Kopf wackelte.

Die Frau des Friseurs war klein und rund und hatte immer Durst. Wenn ich im Galopp die acht Treppen herunterdonnerte, machte sie leise die Korridortür auf und drückte mir die Wachstuchtasche mit den leeren Bierflaschen in die Hand. Es waren jeden Tag vier. Das abgezählte Geld war in ein Stückchen Zeitungspapier gewickelt. Zur Belohnung gab sie mir immer ein Zehnpfennigstück. Das war viel Geld. Manchmal erwischte mein Bruder den lohnenden Auftrag. Dass alles in großer Heimlichkeit vor sich gehen musste, erhöhte den Reiz der Sache.

Einmal, als ich Frau Müller zuflüsterte, dass wir am nächsten Tag in die Ferien fahren würden, und dass es wieder nur der Odenwald sei, huschte sie in ihr düsteres Schlafzimmer und kam mit einer großen, prächtig gewundenen Muschel zurück. Die schenkte sie mir. „Damit du horchen kannst, wie das Meer rauscht", sagte sie und zog leise die Wohnungstür hinter sich ins Schloss.

Der Weihnachtsfrieden

Heiliger Abend 1939. In der Stube der alten Mühle im hintersten Odenwald sitzen sie um den großen Tisch: Der Müller, seine Frau, zwei erwachsene Söhne, zwei beinahe erwachsene Töchter und die muntere alte Tante Genovefa. Sie haben gut gegessen: Forellen aus dem Mühlbach, Bratwürste, Kartoffelsalat, weißes Brot, sogar Wein hat es gegeben anstelle des sonst üblichen Apfelmostes. Der Zeitpunkt für die Bescherung wäre da. Vorher müsste das Weihnachtsevangelium vorgelesen werden.

Diese Aufgabe stand der Tante zu, weil sie die Älteste im Haus war. Dann würde man singen. „Stille Nacht" und „Ihr Kinderlein kommet" konnten sie zweistimmig. Das „Oh du fröhliche" war zu schwierig für die zweite Stimme. Das sangen sie dann halt unisono und besonders hingebungsvoll. Danach durften die Geschenke ausgepackt werden.

In diesem Jahr kommt alles anders. Die Kerzen am Baum werden angezündet, das batteriebetriebene Laternchen im Stall verbreitet seinen rötlichen Schein, die Tante greift zur Bibel. Willi, der älteste der Söhne, der auf Heimaturlaub gekommen ist, rutscht schon eine ganze Weile unruhig auf seinem Stuhl herum. Jetzt hält er sich nicht länger zurück: Es sei langsam Zeit, mit dem frommen alten Zopf aufzuhören. Er wisse jetzt Bescheid. Richtig in Rage redet er sich. Er hat im Panzerwagen die Polen besiegt, fühlt sich als Held, lässt kein gutes Haar an den Besiegten. „Denen hat ihre ewige Beterei auch nicht geholfen", behauptet er mit einem Seitenblick zur Tante.

Rudi, der seinen Stellungsbefehl schon in der Tasche hat, lässt sich von der Begeisterung seines Bruders anstecken. Er will demnächst bei den Franzosen aufräumen, Paris einnehmen, Champagner trinken und auch mal leben wie Gott in Frankreich. Als die beiden Helden die Französinnen ins Visier nehmen, platzt dem Müller der Kragen: „Haltet das Maul, ihr Rotzbuben, und werdet erst mal trocken hinter den Ohren", fährt er dazwischen. Alle schweigen erschrocken.

Minutenlang ist nur das endlose hölzerne Rumpeln der Mahlgänge zu hören. Das vertraute Geräusch erfüllt den Raum, besänftigt die Gemüter und stiehlt der frostigen Stille, die sich breitmachen will, die Schau. Die Müllerin löscht umständlich alle Kerzen und mahnt zum Aufbruch: „Bei dem Schnee brauchen wir bald eine Stunde bis ins Dorf."

Die Mitternachtsmesse ist so feierlich wie immer. Der Pfarrer hat sein prächtigstes Gewand angelegt, die Chorhemden der Ministranten erstrahlen in makellosem Weiß, der Kirchenchor singt, der Lehrer an der Orgel gibt sein Bestes. Tannen und Weihrauch duften um die Wette. In der Predigt ist vom Frieden auf Erden die Rede und von den Menschen, die guten Willens sind. Für alle Opfer des Krieges wird gebetet, der Gefallenen gedacht. Zum Schluss dann doch noch ein schmetterndes „Oh du fröhliche".

Nach der Messe werden Verwandte und Nachbarn begrüßt, gute Wünsche getauscht, die üblichen Schwätzchen gehalten. Die Müllerbuben machen sich wichtig. Willi stolziert in seiner Uniform herum und heimst bewundernde Blicke ein. „Wie der Gockel auf dem Misthaufen", murmelt Genovefa und macht sich schnurstracks auf den Heimweg.

Mit viel Verspätung kommen die beiden Brüder den Waldweg zur Mühle herunter. Sie sind bester Laune, das hört man von Weitem. An der dunkelsten Wegbiegung, da wo die Tannen am dichtesten stehen und das Mondlicht keine Chance hat, ertönt plötzlich markerschütterndes Heulen und Kreischen. Es klingt, als sei eine ganze Meute böser Geister unterwegs. Die beiden Maulhelden packt das Entsetzen. Sie rennen, was die Lungen hergeben, und halten erst ein, als sie den Waldrand hinter sich haben. Den Rest des Weges bringen sie ziemlich schweigsam hinter sich.

Als das Tantchen nach einem knappen Viertelstündchen frohen Mutes die Stube betritt, sitzen alle friedlich um den Tisch, packen Päckchen aus, essen Plätzchen. Rudi befasst sich angelegentlich mit einem Speckbrot. Als Genovefa sich wie zufällig neben Willy setzt, probiert der noch mal die Handschuhe, die sie für ihn gestrickt hat. „Schön warm", grinst er verlegen und bekommt richtig rote Ohren. Die Mädchen tuscheln und kichern, die Katze, die sich während des Streites verkrochen hatte, liegt wieder auf ihrem Platz beim Kachelofen und schnurrt vor Behagen.

„Jetzt brauchen wir ein Gläschen von meinem Schlehenlikör, der ist gut gegen Angstzustände aller Art, das steht im Bauernkalender", meint die Tante und setzt ihr unschuldigstes Gesicht auf. Unter ihren Schuhen entsteht langsam eine kleine Schmelzwasserpfütze. Der Schnee war tief im Straßengraben und hinter dem Holzstoß. Morgen wird sie wieder das Reißen im Knie haben, aber das ist ihr ganz egal. Den Preis bezahlt sie gern für eine Stunde Weihnachtsfrieden.

Freunde

Ein Nachmittag im August 1940. Flirrende Hitze, die Bremsen stechen wie toll. Der Schlepprechen ist schwer und unhandlich. Wir vier, mein Bruder Sepp, die Vettern Bertold und Helmut und ich, alle im besten Huckleberry-Fynn-Alter, haben es satt, diesem endlosen Acker die letzten Ähren abzuharken. Bertold hat wie immer die rettende Idee. Wir haben doch unseren Tell dabei. Der Name ist für einen Hofhund ungewöhnlich, aber zu unserem Spielkameraden passt er. Wie der Schweizer Freiheitsheld ist er groß und stark und mutig und treu. Der würde uns nie im Stich lassen.

Aus Strohseilen wird ein Hundegeschirr geflochten, Tell vor den Rechen gespannt, und los geht es. Unser Freund legt sich ins Zeug, zieht Bahn um Bahn. Wir feuern ihn an, sparen nicht mit Lob, sind ganz aus dem Häuschen. Tell zieht und schleppt und hechelt und keucht, bis er mitten auf dem Acker zusammenbricht. Wir sind stumm vor Entsetzen, verschmieren die Tränen in unseren heißen Gesichtern. Mit vereinten Kräften tragen wir ihn zum Ackerrand, betten ihn in den Schatten, decken ihn mit Gras und Zweigen zu. Für ein richtiges Grab müssten wir einen Spaten oder eine Schaufel haben. Die Strohseile werden im Gebüsch versteckt, die letzten Bahnen mit großer Sorgfalt gezogen.

Zu Hause behelfen wir uns mit Lügen: Tell ist uns abgehauen, in den Wald, einem Hasen nach. Die Erwachsenen merken nichts. Sehr sauber gewaschen und sehr kleinlaut gehen wir schlafen.

Am Tag danach – auch bei der morgendlichen Brotsuppe benehmen wir uns mustergültig – das vertraute Bellen. Wie der Blitz sind wir vor der Tür, schreien und lachen: Tell ist wieder da. Der Onkel wundert sich über so viel Begeisterung. Eigentlich müsste der Hofhund für seine Wilderei bestraft werden. Den Mut zu einem Geständnis findet keiner von uns. Auch ein paar Jahre später nicht, als der Freund unserer Kinderjahre von Soldaten abgeholt wird, weil er an der russischen Front zum Einsatz kommen soll. Es dauert kein Jahr, bis ein Brief von der Front mit den üblichen Phrasen mitteilt, dass der Meldehund Tell in aufopferndem Einsatz für Führer, Volk und Vaterland sein Leben hingegeben hat.

Kurz vor Kriegsende muss Bertold Soldat werden. Mit fast den gleichen Worten wird ein halbes Jahr später den Eltern mitgeteilt, dass er irgendwo in Pommern gefallen ist. Ich weiß nicht, ob er zu diesem Zeitpunkt schon achtzehn Jahre alt war, und ich kann ihn mir nicht als eiskalten grauen Krieger vorstellen. In meiner Erinnerung bleibt er der wunderbare Ferienfreund mit dem weichen Herzen und den immer neuen herrlichen Ideen.

Straßenbahn Karlsruhe 1942

Pünktlich auf die Minute kommen sie um die Ecke gequietscht. Der gelbe Motorwagen mit dem Strombügel, der bei Regenwetter ein eigenartig prasselndes Geräusch erzeugen und unverhofft blaue Funken stieben lassen kann, der ebenso gelbe Anhänger, angekuppelt wie bei der Eisenbahn. Auf allen Breitseiten prangt der Schriftzug „Fidelitas" wie im Stadtwappen. Das heißt Treue, hat aber auch etwas mit „fidel sein" zu tun. So steht es im Lexikon. Und das passt auch zur Straßenbahn – damals jedenfalls.

Nach dem üblichen Endspurt erklimme ich die Plattform. Die luftigen Stehplätze hier haben ihr eigenes Publikum: Verliebte, Hundebesitzer, Eigenbrötler. Hier haben alle mit sich selbst zu tun. Im Wagen lange Holzbänke, mit Ölfarbe gepolstert. An den Scheiben Plakate mit der Warnung: „Vorsicht, Feind hört mit!" und mit dem Werbespruch: „Quält Dich ein Tier, wähl 4444."

Als der stadtbekannte Kammerjäger längst mit seiner ganzen Familie bei einem Fliegerangriff umgekommen ist, macht sich niemand die Mühe, die Plakate zu entfernen. Und warum sollte der Feind ausgerechnet in der Straßenbahn nach kriegsentscheidenden Geheimnissen fahnden? Darüber werden immer neue Witze gerissen. Man sitzt in langer Reihe nebeneinander, quer zur Fahrtrichtung, und hat, solange es nicht zu voll wird, den totalen Überblick.

Wenn sie nicht verschlafen hat, fährt meine Freundin Erika mit. Sie steigt am Bahnhof ein, weil sie vom Lande kommt. Wir tauschen die Ergebnisse der Matheaufgaben aus (sie waren mal wieder viel zu schwer!), machen uns über die Deutschlehrerin lustig, die bei jeder Gelegenheit Gedichte von Heldentum und Vaterland, von Mutterliebe und anderen hehren Gefühlen vorträgt und dabei nur mit Mühe die aufsteigenden Tränen zurückhalten kann. Dass sie neben „Führers Geburtstag" auch die Geburtstage der zahlreichen Goebbels-Kinder im Kopf hat und auf ihre Art im Unterricht begeht, amüsiert alle in der Klasse bis auf die richtig begeisterten BDM-Mädels.

Manchmal hat Erika ein Döschen *Wyberts* dabei. Das sind kleine, schwarze, rautenförmige Pastillen, die stark nach Salmiak schmecken. Eigentlich mag ich diesen strengen Geschmack nicht. Aber man kann die Dinger anlutschen und mit der Zunge als Stern oder Blume auf den Handrücken kleben.

Wenn der Mittelgang des Motorwagens frei ist, probieren wir den Trick mit dem Gähnen. Man muss nur ein paarmal hinter vorgehaltener Hand den Mund aufsperren und dabei entsprechend das Gesicht verziehen, dann dauert es gar nicht lange, bis alle Fahrgäste mitgähnen. Wenn wir auch den Schaffner schaffen, ist es ein voller Erfolg. Aber das kommt selten vor. Überhaupt die Schaffner: Manche sind schon am Morgen gut aufgelegt und bringen mit ihren Sprüchen die badisch-behäbige Unterhaltung richtig in Schwung.

Dass in letzter Zeit immer mehr Frauen für diese Arbeit „dienstverpflichtet" werden, weil alle halbwegs wehrfähigen Männer für den angeblich kurz bevorstehenden Endsieg gebraucht werden, gefällt uns gar nicht. Die Schaffnerinnen nehmen ihren Dienst viel ernster als die Männer. Sie tragen die gleiche Uniform wie ihre Kollegen. Nur auf dem Kopf haben sie anstelle der Schirmmütze ein sogenanntes Schiffchen wie die Rekruten. Manche sehen damit richtig dämlich aus. Finden wir beide jedenfalls. Im Volksempfänger spielen sie jetzt oft das Lied von der lieben, kleinen Schaffnerin mit der süßen, berückenden, fahrkartenzwickenden Hand. Es hat mit seinem gemütlichen Dreivierteltakt und dem dümmlichen Text etwas von einem Heurigenlied. Man könnte auch dazu schunkeln, wenn es dafür noch Anlässe gäbe.

Vorne, auf dem Führerstand der Linie 8, steht manchmal mein Onkel Eduard. Ich erkenne ihn von weitem an seinen großen, ziemlich abstehenden Ohren. (Was für ein Glück, dass ich diese Familieneigenart nicht auch geerbt habe!) Wenn die Sonne von vorne scheint, leuchten die Watscheln des Onkels in strahlendem Rosa. Die Dienstmütze legt er sommers wie winters neben sich, vielleicht um dem deutlich erkennbaren Haarausfall entgegenzuwirken. Dass er seine Hose mit Hilfe von Hosenträgern stets bis unter die Achseln zieht, sieht man nicht, aber ich weiß es. Und meine Freundin natürlich auch. Dass er irgendwie besser riecht als die anderen Männer unserer Familie, imponiert mir, aber ich kann mir keinen Reim darauf machen. Mein Vater zum Beispiel ist Lagerist und riecht deshalb immer leise nach Imi und Persil. Nur sonntags, wenn er mehr Zeit für seinen Schrebergarten hat, kommt ein Hauch Kaninchenstall dazu.

Dass es beim Onkel doch einen Zusammenhang zwischen Beruf und Duftnote gibt, begreife ich erst später. Wenn mir die Sicht zum Führerstand verstellt ist, erkenne ich meinen Verwandten an seiner tiefen Stimme. Über seinem Arbeitsplatz befindet sich zwar ein Schild mit der Aufschrift: „Die Unterhaltung mit dem Fahrzeugführer ist untersagt!" – aber daran hält er sich nicht. Oft stehen irgendwelche Soldaten (in der Stadt gibt es neun Kasernen) an seiner Seite, und er gibt mit seiner gemütlichen Bass-Stimme seine unverblümten Kommentare zu ihren Ansichten.

Dass er während der Kriegsjahre ein inniges Liebesverhältnis mit einer jungen Schaffnerin hat, weiß zu diesem Zeitpunkt keiner von uns. Die Möglichkeit zu diesem für die ganze, streng katholische Familie unvorstellbaren Doppelleben gibt ihm eine Schafherde, die er in den Rheinauen vor der Stadt hält, und für die er eine Scheune gepachtet hat. Die Herde hat der Odenwälder Bauernsohn in den Zwanziger Jahren, als er in die große Stadt zog, um sein Glück zu machen, von zu Hause mitgebracht. Ein ebenfalls mitgebrachter kapitaler Schinken soll damals – mitten in der Weltwirtschaftskrise – den städtischen Personalchef davon überzeugt haben, dass der junge Eduard der gegebene Anwärter für einen Straßenbahnerposten war.

Die Schafherde in den Rheinwiesen hat auch sonst ihre Vorzüge. Immer, wenn der Hunger mal wieder übermächtig wird, und wenn das Wetter winterlich kalt ist, besteigen zwei Zivilisten mittleren Alters, jeder mit einem Rucksack versehen, die Linie 1 der Straßenbahn, Endstation Rheinstrandbad. Der eine ist Onkel Eduard. Er hat seinen dienstfreien Abend (es darf nicht mehr hell sein am Ort des Geschehens) und den Schlüssel zum Schafstall in der Tasche. Der andere ist mein Vater, und der versteht etwas vom Schlachten. Welche Mordwerkzeuge er im Rucksack verbirgt, brauche ich nicht aufzuzählen.

Ich will dem Leser auch die Einzelheiten des streng geheimen, weil streng verbotenen Geschehens ersparen. Nur so viel sei angedeutet, dass es sich um ein gut aufeinander eingespieltes Team handelt, das nach zwei Stunden emsigen Tuns mit prall gefüllten Rucksäcken die Linie 1, diesmal Richtung Stadtmitte, besteigt. Man trennt sich in gutem Einvernehmen und mit der gegenseitigen Ermahnung „Pass bloß gut auf!"

Noch am gleichen Abend gibt es in beiden Familien eine wunderbare, fetttriefende Hammmelkleinfleischsuppe. Für die nächsten Wochen steht angenehmes Sattsein in Aussicht, und vor dem Blockwart wird man sich schon in acht nehmen. Dass das schöne Fell jedes Mal vergraben werden muss, daran ist halt nichts zu ändern.

Als der Onkel kurz nach seinem fünfundfünfzigsten Geburtstag schwer erkrankt, erfährt seine Frau, die dicke, phlegmatische Tante Rosa, von der Existenz der Geliebten. Sie pflegt ihren Eduard trotzdem aufopfernd bis zu seinem Tod. Bei der Beerdigung – zum Friedhof fährt man mit der Linie 6 – weiß keiner von den Verwandten so recht, was er der Witwe Tröstendes sagen könnte. Eine der Schwägerinnen meint, dass das alles doch so schade sei, schon allein wegen der schönen Pension, um die den Verblichenen die ganze Verwandtschaft im Stillen immer beneidet habe.

Zwei Straßenbahner in Uniform legen einen prächtigen Kranz mit gelben und roten Blumen – die Farben des Stadtwappens – am Grab nieder. Auf der Schleife steht in großen silbernen Buchstaben: „Deine Kollegen von der Straßenbahn." Die Kolleginnen sind nicht erwähnt, und das ist gut so.

Ein Mittagsgast

Wie so oft in den vergangenen Wochen hatten meine Mutter und ich zusammen mit ein paar übrig gebliebenen Nachbarn einen schweren Luftangriff überstanden. Die Detonationen waren verstummt, das elektrische Licht leuchtete plötzlich wieder auf, aus dem Volksempfänger tönte die Stimme des Nachrichtensprechers mit den neuesten Durchhalteparolen. Der langgezogene Heulton der Sirenen verkündete Entwarnung, wir konnten den Luftschutzkeller verlassen.

Unsere Wohnung sah aus wie nach jedem Angriff: Die Drahtglasabdichtung der Fenster hing in Fetzen, Brocken vom Deckenverputz lagen auf Möbeln und Fußböden, alles war zugestaubt. Die Uhr über dem Küchentisch hing schräg an ihrem Nagel. Sie zeigte die Mittagsstunde.

Wir schafften notdürftig Ordnung in der kleinen Küche und wärmten die Essensreste vom Vortag auf. Es war Montag, und so gab es das Übriggebliebene vom Sonntagsessen, nämlich Stallkaninchen, Spätzle und Endiviensalat. Mein Vater kam von seiner zehn Minuten entfernten Arbeitsstelle. Er brachte einen Offizier mit, der während des Angriffes im Lagerhauskeller Schutz gesucht hatte. Der Fremde war wie wir grau vom Staub, und gründlicher als wir hatte er die Fassung verloren. Das sei ja viel schlimmer als an der Front, entschuldigte er sich.

Wir setzten uns an den Küchentisch mit der abgenutzten grünen Linoleumplatte, Schmortopf und Pfanne wurden daraufgestellt, aus einfachen tiefen Tellern und mit ebenso einfachem Blechbesteck wurde gegessen wie immer.

Der vornehme Herr beteiligte sich mit sichtlichem Appetit an unserem Restemahl, Mutter und ich hielten uns mit Rücksicht auf den Gast zurück. Beim Abschied bedankte er sich knapp und näselte, unter außergewöhnlichen Umständen müsse man schon mal auf solche Selbstverständlichkeiten wie Tischtuch und Servietten verzichten. Dafür habe er Verständnis.

Räume meiner Kindheit

Seitdem ich mit meinem Altwerden alleine bin, habe ich mit dem Haus meiner Kindheit zu tun. Ich kann es nicht finden, und erfinden will ich es nicht. Ich finde nur Räume. Viele Räume, helle und dunkle. Ganz deutlich sehe ich sie, ich kann sie riechen.

Das Kinderzimmer in der Mietwohnung im vierten Stock. An der langen Wand links das Bett meines Bruders, rechts meines. Dazwischen das Vertiko, darauf Nippes, darüber das Schutzengelbild mit den Glitzerflügeln im Großformat. Am Fenster die Nähmaschine meiner Mutter, schon elektrisch. Das Surren des Motors oft bis tief in meine Träume. Das Plüschsofa, über dem Tisch die Lampe mit den gläsernen Fransen. Ein beliebter Start- und Landeplatz der Fliegen beim ewigen Fangenspiel. Hier lebt, arbeitet, spielt die Familie.

Das Wohnzimmer wird nur an Weihnachten und an hohen Familienfesten benutzt. In Notjahren wohnt ein möblierter Herr darin. Dann riecht es nach Zigaretten, Marke Eckstein, sonst mehr nach Mottenkugeln. Die Lampe ist eine Laubsägearbeit, mit Altgoldpapier hinterlegt. Deutscher Wald mit röhrendem Hirsch und männchenmachenden Hasen, von goldenem Licht verklärt.

Das Schlafzimmer der Eltern am Sonntagmorgen. Wir warten auf das Gemurmel der vertrauten Stimmen. Jetzt sind sie wach, jetzt dürfen wir zu ihnen unter die großen Federbetten krabbeln. Im Sommer der herbe Geruch der Geranien auf dem Fensterbrett, im Winter die Stangen mit Blut- und Leberwürsten zwischen den Schränken – vom Großvater aus dem Odenwald. Das riecht auch nicht schlecht. Unter den Betten die Kartons mit dem Christbaumschmuck und der

Fronleichnamsdekoration. Beim Putzen werden sie hin- und hergeschoben. Ihr Vorhandensein verheißt immer neue Festesfreuden.

Die Schule ein Riesenbau mit sechzehn Jungenklassen im rechten und – streng getrennt – sechzehn Mädchenklassen im linken Flügel. Abgeschabte Bänke mit den eingebauten Tintenfässern zum Eintauchen der „Kikeriki-Feder". Zopfenden gehen auch. Riesiger Kanonenofen, Lehrerpult auf dem Podest, Hitlerbild, anfangs auch Hindenburg. Sein Bart sieht aus wie der vom Großvater. In den ersten Jahren der ewige Kampf mit dem Dialekt. Bei mir gibt es gleich zwei Möglichkeiten zu sprachlichen Entgleisungen, weil ich die Hälfte meiner bisherigen Kindheit bei der Odenwälder Großfamilie verbracht habe.

Als nach dem vierten Schuljahr die höheren Töchter mit ihren Bleylekleidern und Ärmelschonern die höheren Schulen besuchen, ungetrübtes Glück des Lernens und Begreifens. Die Welt wird groß und voller Wunder. Neben mir die beste Freundin, vor mir die heimlich verehrte Lehrerin. Die silbernen Haare aufgesteckt, die Nase immer sorgfältig gepudert, an der Hand ein Ring mit einem schönen Opal. Die eleganten Schuhe zeigen mit den Spitzen deutlich nach oben und sind eine ständige Quelle unseres Spottes. Wahrscheinlich haben sich die einstmals hohen Absätze im Laufe eines langen Lehrerinnendaseins als zu unbequem erwiesen, und der Schuster hat diesem Missstand abgeholfen.

Die Morgenlieder: „Nun will der Lenz uns grüßen" oder „Es freit ein wilder Wassermann" oder sonst ein Volkslied, je nach Jahreszeit. Nazilieder haben bei unserer Fany keine Chance. Sie spielt ihre Geige aus der Hüfte. Das gibt dem feinen Fräulein etwas Verwegenes. Es klingt auch so. Wenn ich mir in meiner nächsten Existenz das Wiedersehen mit ein paar geliebten Menschen wünschen darf, soll sie dabei sein.

Die Stube der Großmutter auf dem Bauernhof. In der Ecke das Bett mit der riesigen Zudecke und den dicken Kopfkissen. Wenn sie Brot backen will, wird der Teig zum Gehen in das noch warme Bett gesteckt. Der alte Küchenschrank, der kleine Herd. Vor dem Fenster der Korbsessel. Dort sitzt die Großmutter in der Abenddämmerung – ein Kissen gegen das „Buckelweh" im Rücken – und betet. Für zwölf Kinder und zahlreiche Enkel hat sie viel zu beten. In der Ecke ein altertümlicher Nachtstuhl aus massivem Holz. Er ist nicht im Gebrauch. In dem eingebauten Nachtgeschirr bewahrt die Großmutter Flicken auf. Weiß, blaugestreift und dunkelblau mit kleinen, schüchternen Müsterchen. Das sind die Stoffe, die ich an ihr kenne. Und Schwarz natürlich, viel Schwarz. Es gibt viele Anlässe zum Trauertragen. In der Nebenstube die Zimmerlinde in ihrem leuchtend hellen Grün. Es riecht gut im Reich der alten Frau, aber ich kann den Geruch nicht definieren. Kienspanduft gehört dazu, Anis und Brotsuppe mit saurem Rahm. Ich durfte sie nie mit „du" anreden, und dass sie mir allmorgendlich meine Locken mit Wasser, sonntags mit einer Messerspitze Schmalz glattgezogen hat, war schon lästig. Aber sie hat mich geliebt.

Die Schlafstube des Bauern. Mein abendlicher Rundgang mit den Wärmflaschen führt mich in das Schlafzimmer von Onkel und Tante. Der durchdringende Geruch von Spiritus, Nachttopf und Schweiß, dazu eine Prise vom gefürchteten Schnupftabak, nimmt mir jedes Mal den Atem. Jeden Sonntagmorgen der zornige Schrei des Onkels nach dem verlorenen Kragenknöpfchen.

Wenn der Bauer und seine Frau – selbstverständlich nie gemeinsam – den langen Kirchweg antreten, sehen sie richtig stattlich aus. In der Kirche riechen dann alle gleich, und der Weihrauchduft kann sich nur vorübergehend durchsetzen. Mir ist fast in jeder Sonntagsmesse schon kurz nach dem Asperges me erbärmlich schlecht. Da helfen auch nicht die mit großer Inbrunst gesungenen Lieder. Der Ratschreiber stimmt an, weil es keine Orgel gibt und schon gar keinen Organisten. Die endlosen Gebete haben in ihrer summenden Mehrstimmigkeit etwas wunderbar Tröstliches. Vor ein paar Jahren habe ich in einer Tiroler Dorfkirche den gleichen anrührenden Klang erlebt. Stadtmenschen können das nicht.

Die Scheune. Verbotener, aber idealer Spielort. Auf die oberen Balken klettern und ins Heu springen. Aus dem Versteck zusehen, wie der Zuchtbulle seine Pflicht tut. Heimliches Grauen ob des furchterregenden Anblicks. Die Vettern wollen mit ihren derben Kommentaren imponieren. Sie wissen Bescheid. Da ist kein Raum mehr für Empfindsamkeit. Harter Gegensatz zu den romantischen Vorstellungen des Stadtkindes. Mit den Erwachsenen kann man unmöglich darüber reden. Schatten über dem Ferienglück. Eine Glucke hat in der Scheune gebrütet und führt zum erstenmal ihre Küken aus. Der Hofhund an seiner Kette hat nur einen müden Blick für den feierlichen Aufmarsch. Die Glucke macht keinen Hehl aus ihrem aufgeregten Mutterstolz. So überzeugend können das nur Hühner. Die Sonne lässt das warme Gold des Kükenflaums aufleuchten. Ferien auf dem Dorf sind doch etwas Wunderbares. Und überhaupt: Dusselige Kälbchen und kuhwarme Milch mag ich schon gern.

Der Beichtstuhl. Er ist in jeder Kirche zu finden. Alle vier Wochen die Pflichtübung. Gewissensnöte, Ängste, immer wieder gute Vorsätze und das uneingestandene Wissen, dass doch alles wieder weitergeht wie bisher. Die „fünf B": Besinnen, Bereuen, Bessern, Beichten, Büßen. Ganz vergesse ich das nie. Schon auch Erleichterung beim Verlassen des dunklen Kastens. Dann doch lieber Maiandacht mit Madonna, Kerzen, Blumen, Meerstern-ich-dich-grüße mehrstimmig. Hinterher ganz unverschämt mit den Jünglingen flirten. Aber das gehört nicht hierher.

Der Luftschutzkeller. Luftschutzbetten, Luftschutztaschen, Luftschutzschleusen an Fenstern und Türen. Gasmasken für alle Fälle. Alte Stühle, Decken für die kalten Beine. Der Volksempfänger. Geruch nach alten Kartoffeln und Schimmel. Wenn alles ruhig bleibt, legt die Nachbarin Karten, zuerst die ägyptischen, dann die Skatkarten. „Uns macht's nix!" lautet ihre tröstliche Prophezeiung. Das laute Beten der Mutter, wenn draußen dann doch wieder die Hölle tobt. Nur nicht weinen, das Zittern unterdrücken! Wenn noch mal alles gutgegangen ist, Staub aus den Kleidern klopfen, erstes verlegenes Grinsen, Witze reißen. Adieu, Kindheit! Galgenhumor ist etwas für Erwachsene. Höchste Zeit hinauszugehen, um zu retten, was noch zu retten ist.

All das sind nur noch Erinnerungen. Unsere Mietwohnung im vierten Stock wurde durch eine Luftmine unbewohnbar, die Kinderschule ist im Zuge der Stadtsanierung abgerissen und ein paar Straßen weiter neu erbaut worden. Der Bauernhof unserer Vorfahren steht leer und soll verkauft werden. Beichtstühle gibt es noch, aber ich finde den Weg dahin nicht mehr. Vom Luftschutzkeller ist zu hoffen, dass er nie mehr gebraucht wird. Nur die Schule, unsere schöne große Nebeniusschule, die steht noch. Jetzt ist sie eine Realschule mit allen modernen Errungenschaften. Die allwöchentliche Flaggenparade auf dem Schulhof wird es hoffentlich nie mehr geben.

Samstags baden

Mein Großvater war ein Odenwälder Bauer. Er sah richtig stattlich aus, besonders, wenn er seinen schwarzen Sonntagsanzug trug. Einen grauen Schnauzbart hatte er, gütige blaue Augen unter buschigen Brauen und rosige Wangen. Immer freundlich und zu Späßen aufgelegt war er, und deshalb mochten ihn alle Leute. Wenn der Großvater sich – fast immer zu Fuß – auf den Weg zur Kirche, zu einem Fest oder zum Viehmarkt machte, waren seine Schuhe geputzt, der Anzug ausgebürstet und der Gummikragen akkurat auf die Hemdbrust geknöpft.

Es war für mich als Kind in Ordnung, dass er immer nach seiner geliebten Pfeife und oft nach Stall roch. Sonntags kam ein Hauch Naphthalin aus dem Kleiderschrank dazu. All diese Düfte gehörten zu den Ferien wie die kuhwarme Milch am Abend und die Brotsuppe am Morgen. Heuduft gehörte dazu, Rauch vom Kartoffelfeuer, der Geruch frisch gebackener Brote und dampfender Wurstsuppe. Dass der alte Sauer von Martini bis Aschermittwoch auf dem eigenen und vielen anderen Höfen Schweine schlachtete und zu Braten, Schinken und Würsten verarbeitete, warf nicht den leisesten Schatten auf mein Bild vom lieben, sanften Großvater.

Im letzten Kriegswinter, als wir in meiner Heimatstadt ausgebombt und auch sonst völlig am Ende waren, fand ich mit meiner Mutter Zuflucht auf dem großväterlichen Bauernhof. Die tägliche Hygiene beschränkte sich damals bei unseren ländlichen Verwandten auf das Allernotwendigste. Badezimmer gab es selbst in stattlichen Bauernhäusern nicht.

Nach ein paar Wochen des Verschnaufens wagten wir es, am Samstagnachmittag den Kessel in der Wasch- und Futterküche anzuschüren und einen Zuber für ein warmes Vollbad zu füllen. Ich durfte als Erste baden, dann war meine Mutter an der Reihe. Nach dem Abschöpfen der grauflockigen Seifenrückstände und Auffüllen des Zubers mit heißem Wasser verließ ich – selbstverständlich komplett angezogen – unser Badeparadies, bevor Mutter sich auszog. So verlangte es die Sittlichkeit.

Großvater, mein sanfter, gütiger Großvater, beobachtete mit sichtlichem Missbehagen unser Tun, sagte aber nichts. Erst am dritten Samstag wurde er energisch: „Ich möchte wissen, was ihr für eine Baderei habt jede Woche", schimpfte er. „Ich hab' in meinem Leben ein einziges Mal gebadet, und das war vor meiner Musterung." Mehr sagte er nicht. Von da an badeten wir nur noch alle zwei Wochen, und das immer mit einem schlechten Gewissen.

Dorfgeschichten

Anna wäscht sich die Hände. Die selbstgekochte Seife riecht streng und brennt auf der Haut. „Es wird Zeit", ruft die Mutter aus dem Stall und hantiert geräuschvoll mit Eimer und Melkschemel. Anna bindet sich eine frische Schürze um, bringt mit allen zehn Fingern ihren Scheitel halbwegs in Ordnung und macht sich auf den Weg zum Dorf. Mit seinen acht Bauernhöfen, dem schlichten Kirchlein und dem behäbigen Schulhaus liegt ihr Heimatort wie aus dem Bilderbuch geschnitten auf der Kuppe des Odenwaldberges.

Die Mauern sind aus rotem Sandstein, die Vorgärten überbieten sich mit ihrer Blütenpracht. Das weiche Licht des Frühsommerabends legt seinen Glanz über Häuser und Gärten. Ein leichter Abendwind verpasst den dünnen Rauchsäulen, die gelangweilt über den Dächern stehen, ein paar Löckchen und weht die Hitze des Tages in den nahen Wald.

Kein Mensch ist auf der Dorfstraße unterwegs, und Anna kann der Versuchung nicht widerstehen, einen handlichen Schotterstein vor sich herzukicken. Aus den Ställen klingen die vertrauten Geräusche und Rufe der abendlichen Fütterung. Das Mädchen hat keine Eile. Es lässt sich viel Zeit. Melken kann es noch oft genug. Von Hof zu Hof geht Anna, die neueste amtliche Bekanntmachung anzusagen.

Auf dem Rückweg wird sie zum „Engel des Herrn" läuten und die Kirche abschließen. Jede Woche übernimmt eine andere Familie diesen Dienst an der Gemeinde. Das war schon immer so, und Anna ist stolz auf ihr Amt. Den Zettel, den sie beim Bürgermeister abgeholt hat, steckt sie in die Schürzentasche. Den Text kann sie auswendig. Nicht umsonst ist sie die Beste in der Schule.

Alle Haustüren stehen um diese Tageszeit offen. Sie klopft vernehmlich an die Küchentür (drinnen wird vermutlich die Zentrifuge gedreht), sagt der Bäuerin freundlich „Guten Abend" und leiert dann ihre Bekanntmachung im Amtston oder in dem, was sie dafür hält, herunter: „Der Kreisbauernführer gibt bekannt, dass am Sonntag, dem 29. Juni 1942, Zivilarbeiter aus den besetzten Ostgebieten für den Dienst in der Landwirtschaft abgeholt werden können. Alle Landwirte, die einen entsprechenden Antrag gestellt haben, werden aufgefordert, sich an dem genannten Tag zur Mittagszeit auf dem Adolf-Hitler-Platz der Kreisstadt einzufinden."

Es folgen Mitteilungen über die Eier-Ablieferungsquote und ähnliche kriegswichtige Verordnungen. Anna wirft einen verstohlenen Blick auf ihren Zettel. Alles ist wortgetreu erledigt. Sie redet noch ein paar Sätze mit der Bäuerin über die gute Heuernte, passt auf, dass sie sich nicht ausfragen lässt, bedankt sich für die Handvoll Kirschen, die sie bekommen hat – es sind die ersten in diesem Jahr – und wünscht eine gute Nacht. Im Vorbeigehen zielt sie mit den Kirschkernen auf das Dach der Hundehütte. Der Hofhund lässt sich nicht beeindrucken. Er hat die Schnauze auf die Pfoten gelegt und döst ein bisschen. Heute Nacht ist Vollmond, da braucht er den Tag zum Ruhen.

Von Haus zu Haus wiederholt sich diese Szene. Anna genießt ihre kleinen Auftritte. Noch lieber ist es ihr, wenn niemand in der Küche ist. Dann geht sie weiter zum Stall, hat ihre Freude an den Scherzen der Männer, die oft verschlüsselte Komplimente sind. Die halbwüchsigen Burschen sparen nicht mit kecken Blicken. Auch den gestandenen Männern gefällt das Mädchen mit den dunkelblonden Zöpfen und den fröhlichen braunen Augen.

Anna bleibt am Anfang des Futterganges bei den Kälbern stehen und bringt laut und deutlich ihren Sermon zu Gehör.

Die Tiere mampfen unbeeindruckt weiter. Es riecht nach Klee und Milch und warmem Mist. Schwalben streichen in eleganten Kurven über die Rücken der Rinder. Draußen unter dem Dachsims zetert die hungrige Brut. Schwalben bringen Glück in den Stall. Das weiß jedes Kind.

Die Nachbarn freuen sich über die Hilfe, die noch vor der Ernte kommen soll. Anna ahnt nicht, was diese Ankündigung für ihr eigenes Schicksal bedeutet.

Am Morgen des letzten Junisonntags findet auf dem größten Platz der Kreisstadt eine Art Sklavenmarkt statt, und am Abend sitzen auf den meisten Höfen des Dorfes die unfreiwilligen Knechte aus dem Osten mit am großen Familientisch. Von der ersten Stunde an gehören sie – wie vor ihnen die deutschen Knechte, die längst als Soldaten über halb Europa verstreut sind – zur Familie. Sie tauchen den Löffel in die gemeinsame Sauermilchschüssel, bekommen Kartoffeln satt, haben eine Knechtkammer mit Strohsackbett und karierten Federkissen, werden von der Bäuerin mit Kleidung und Schuhwerk versorgt, so gut es in dieser Zeit der Bezugsscheine eben geht.

Am nächsten Sonntagmorgen werden sie ganz selbstverständlich auf den Kirchgang mitgenommen. Sie drücken sich in die letzten Bänke ganz hinten unter der Orgelbühne und staunen sichtlich über die lautstarke und ausführliche Frömmigkeit ihrer neuen Gebieter.

Gut essen, hart arbeiten, oft beten, alles wird gemeinsam getan. Ganz allmählich weichen Furcht und Entsetzen aus den Gesichtern der fremden Männer. In manchen Familien lebt noch die Erinnerung an den „Iwan", der als Gefangener des ersten Weltkrieges auf dem Hof gedient hat. Die Alten kramen einzelne russische Namen und Wörter aus dem Gedächtnis hervor. Das bringt erste zaghafte Verständigung.

Dass sie auch deftige Schimpfwörter in ihrem Repertoire haben, merken die Beteiligten erst viel später.

Wenn am Sonntagnachmittag schönes Wetter ist, versammelt Kolja, der stattlichste und gescheiteste der Russen, nach der obligatorischen Andacht seine Landsleute um sich und bringt ihnen auf der Wiese neben der Kirche akrobatische Kunststücke bei. Eine richtige Menschenpyramide bauen sie. Die Einheimischen kommen aus dem Staunen nicht heraus.

Kolja ist überhaupt ein toller Kerl. Den anfangs kahlgeschorenen Kopf bedeckt bald eine weizenblonde Mähne, sein sympathisches Naturburschengesicht bekommt wieder Farbe. Die Farbe seiner Augen ist schwer zu beschreiben. „Azurblau" würde gehen, aber das passt nicht zu russischen Augen. Flachsblütenblau sind sie. Das kommt hin. Er kann alles, lacht immer, singt gern und schön und spielt irgendwann sogar Mandoline. Ukrainer sei er, darauf legt er Wert, beim Zirkus sei er gewesen, das glaubt man ihm gern. Wie der mit den Pferden umgehen kann, das ist eine Freude. „An dem können sich die faulen Bürschchen im Dorf ein Beispiel nehmen", meint sein Bauer, und niemand widerspricht ihm.

Im Winter lernt Kolja Schafskopf spielen. Nur die dazu gehörenden blödsinnigen Sprüche, die verdreht er total, weil er sie nicht versteht. Dass allabendlich vor dem Kartenspiel der Rosenkranz und die lauretanische Litanei gebetet werden, übersteigt seinen Bedarf an Frömmigkeit entschieden. Wenn sich die Beterei allzu sehr in die Länge zieht, muss er unbedingt nach den Pferden sehen. Meist ist er pünktlich zum letzten „Bitte für uns" wieder zur Stelle.

Die Mostgläser werden gefüllt, die Karten gemischt, Schelle ist Trumpf. Im Kachelofen knistern und zischen die Buchenscheite, die Frauen stricken, die Kinder in ihrer Ecke fangen schon beim ersten Spiel zu krakeelen an, das Leben zeigt sich von seiner freundlichen Seite.

An den Fronten und in den großen Städten wütet der Krieg immer entsetzlicher. In den meisten Häusern des Dorfes bangt man um einen Sohn oder Bruder. Jeder Feldpostbrief ist ein freudiges Ereignis. Viel zu oft ist als Absender der Kompaniechef angegeben und als Empfänger der Bürgermeister. Der weiß schon, was auf dem grauen Faltblatt steht. Vom Heldentod für Führer, Volk und Vaterland ist da die Rede. An solchen Tagen verflucht er sein Amt. Schweren Herzens macht er sich jedes Mal auf den Weg, um den Angehörigen die grausame Nachricht zu bringen.

Das ganze Dorf trauert mit den Hinterbliebenen, das Mitgefühl der Fremden ist herzlich und ohne Heuchelei. Man ist sich einig: Der Krieg ist ein Wahnsinn, Hitler und Stalin sind Verbrecher, und wenn man auf die kleinen Leute hören würde, wäre alles anders.

In der Karwoche des Jahres 1945 rollen amerikanische Panzer durch die Täler des Odenwaldes. Die „Heimatfront" wird brutale Wirklichkeit. Am 7. Mai geht die Nachricht von der Unterzeichnung der deutschen Kapitulation über die Rundfunksender. Alle atmen auf. Das Morden hat ein Ende. An ein Ende von Not und Elend wagt kaum jemand zu glauben.

Als im Spätsommer des gleichen Jahres die meisten Verschleppten die mühselige Reise in ihre Heimat antreten, bleibt Kolja im Dorf. Er will nicht von Stalin nach Sibirien geschickt werden – sagt er. Dass es noch einen anderen Grund für sein Dableiben gibt, weiß zu diesem Zeitpunkt keiner. Der Eine oder die Andere will es nicht wissen.

Aus der fröhlichen kleinen Anna mit dem unbekümmerten Lachen ist längst eine verträumte junge Frau geworden. Die

Zöpfe sind abgeschnitten, eine braune Lockenfülle umrahmt das ebenmäßige Gesicht. Wenn sie durch das Dorf geht – jetzt meist ohne Schürze –, folgen ihr bewundernde Blicke. All diese Verehrer interessieren sie nicht. Sie führt das harte, streng geregelte Leben ihrer Altersgenossinnen.

In ihrem Elternhaus geht es noch härter und noch strenger zu als bei den Nachbarn. Die Eltern sind stolz auf ihre „bildsaubere" Älteste und haben große Pläne mit ihr. Sie ahnen nicht, dass Anna längst ihr Herz verloren hat. Eine wunderbare, allen Verstand überrennende Liebe hat sie und Kolja erfasst. Die Liebenden wissen, dass es für sie keine gemeinsame Zukunft gibt, dass keiner je etwas von ihrer Liebe erfahren darf. Aber sie sind einander verfallen, bedingungslos, ganz und gar.

Im Herbst 1945, ihr achtzehnter Geburtstag steht bevor, da muss Anna ihren Eltern gestehen, dass sie ein Kind von Kolja erwartet. Die Reaktion dieser sittenstrengen Leute ist grausam. Sie traktieren ihre Tochter immer wieder mit Schlägen und Tritten, bis es zu einer Fehlgeburt kommt. Die Nachbarn wenden sich ab und schweigen. Annas jüngere Schwester fasst den Entschluss, ins Kloster einzutreten, sobald sie erwachsen sein wird.

Kolja geht umher wie ein geprügelter Hund. Er lacht und singt nicht mehr, verbringt jede freie Stunde im Stall. Den Pferden hält er lange ukrainische Monologe. Die verstehen ihn, das spürt er. Aus dem übermütigen Clown ist der unglücklichste Mensch unter der Sonne geworden.

Annas Vater verlangt vom Nachbarn, Koljas Dienstherrn, diesen auf der Stelle vom Hof zu jagen, sonst passiere ein Unglück. Es ist ihm anzusehen, dass er das ernst meint. Der Bedrohte denkt nicht daran, so mit Kolja zu verfahren. Er bringt ihn zu Verwandten, die in der nahen Kleinstadt einen Handwerksbetrieb haben. Ganz selbstverständlich wird er als Hilfsarbeiter eingestellt, eine Kammer wird für ihn besorgt, er ist gerettet und grenzenlos dankbar. Ein paar Mal gelingt es ihm, Anna eine Botschaft oder ein kleines Geschenk zukommen zu lassen. Er bekommt keine Antwort.

Bei der ersten sich bietenden Gelegenheit wandert Kolja, der jetzt von den Behörden als Staatenloser behandelt wird, nach Kanada aus. Dort wird er Fernfahrer. Im ersten kanadischen Winter kommt er bei einem Unfall ums Leben.

Im Dorf auf dem Berg geht das Leben seinen eintönigen Gang. Anna verrichtet still und ohne Hoffnung ihre Arbeit, melkt Kühe, wäscht Berge von Wäsche, pflegt die herrische Großmutter, backt Brot, plagt sich auf dem Feld. Ihre braunen Augen haben das Strahlen verlernt, für die Scherze ihrer jüngeren Geschwister hat sie nur ein müdes Lächeln.

Ein Stück die Straße hinauf, drei Höfe weiter, leben auf ihrem altertümlichen Anwesen Annas Onkel und Tante mit ihrer einzigen Tochter. Die hört – wenn sie nicht ihren bockigen Tag hat – auf den Namen Frieda und ist ziemlich beschränkt. Etwa zu der Zeit, als Anna „in Schande" kommt, wird ihre Cousine Frieda mit einem Bauernsohn aus der Umgebung verheiratet. Der ist auch nicht der Hellste, und er ist – wie man so sagt – auch nicht der Allerschönste. Bei der Geburt ihres zweiten Sohnes stirbt Frieda, das Baby ist blind. Der junge Witwer ist mit der Situation überfordert. Nicht so seine Schwiegereltern und die Verwandten. Die wissen Rat. Was liegt näher, als Anna mit diesem Mann, seinen kleinen Kindern und nicht zuletzt dem Hof zu verheiraten. Auch für Friedas Eltern ist damit bestens gesorgt.

Anna wehrt sich nicht. Sie nimmt ihr Schicksal auf sich, bekommt in dieser Ehe drei Kinder, führt den Hof zu neuer Blüte, sorgt für die Ausbildung der Heranwachsenden, fördert den blinden Stiefsohn, wo sie nur kann, baut Wohnhaus und Stall größer und moderner und erwirbt sich die Achtung des ganzen Dorfes. Als ihr Mann nach zwanzig Ehejahren stirbt, lässt sie ihn an der Seite von Frieda begraben.

In ihrem fünfundsechzigsten Lebensjahr lässt Anna den Hof überschreiben. Auf ihren Stiefsohn; der ist der Älteste. Sie zieht sich immer mehr zurück. Ihre ganze Liebe gehört den Blumen in Haus und Garten und natürlich den Enkelkindern. Ihr Haar ist längst weiß, sie trägt eine starke Brille. Viel zu früh ist sie gealtert. Das Herz will nicht mehr. An einem klaren Frühsommerabend, das Heu duftet betörend aus der Scheune, alle sind noch im Stall, da zieht Anna die Vorhänge zu, sperrt auch den kleinsten Sonnenstrahl aus, setzt sich vor den Fernsehapparat. Ein Abend mit dem Russischen Staatszirkus steht auf dem Programm. Als die Anderen vom Füttern zurückkommen und den Abendbrottisch ungedeckt vorfinden, verstehen sie die Welt nicht mehr. Ob die Mutter langsam wunderlich wird?

Anna lässt sich nicht beirren. Sie sieht die Sendung bis zum rauschenden Finale und geht dann still zu Bett. In der Nacht macht sie sich heimlich, so wie sie es früher immer getan hat, auf den Weg zu ihrem Kolja. Der Pfarrer hat es erklärt: Im Jenseits gibt es weder Raum noch Zeit. Was bedeuten da zehntausend Kilometer, und was sind schon fünfzig Jahre im Vergleich zur Ewigkeit?

Als auch der Frühstückstisch ungedeckt bleibt, geht die Schwiegertochter nachsehen. Sie findet Anna in ihrer Stube. Ganz akkurat liegt sie in ihrem Bett, das wachsbleiche Gesicht verklärt von einem jungen, glücklichen Lächeln.

Sandbankgespräche

Eine Insel im Rhein, eigentlich eine große Sandbank. Trauerweiden, Erlen, ein paar Sträucher. Der Boden gelber Sand, durch ein paar struppige Grasbüschel zusammengehalten. Disteln, da und dort zaghaftes Blühen. Der erste warme Sonntag in diesem Nachkriegssommer. Wir haben den Abstand zwischen zwei Schleppzügen ausgenutzt, um vom überfüllten Strandbad herüber zu schwimmen. Meine Freundin Gisela ist mit von der Partie und unser gemeinsamer Schwarm Joachim.

Wir liegen in der Sonne und haben tiefschürfende Gespräche, denn wir sind jung. Joachim ist ein auffallender Typ, riesengroß, schlank, krauses Schwarzhaar, markantes Gesicht. Die grauen Augen liegen tief in den Höhlen, das gibt seinem Blick große Eindringlichkeit. Ich jedenfalls bin fasziniert. Gisela macht sich einen Spaß daraus, Joachims üppiges Brusthaar mit Gänseblümchen zu garnieren. Oder tut sie es aus Verlegenheit?

Wir haben unsere Eroberung auf einem Studentenball kennengelernt. Dieser viel zu ernste, viel zu verletzliche große Junge hat unsere Neugier geweckt, und wir haben um die Wette mit ihm geflirtet.

Ist es die unwirklich schöne Umgebung, ist es die Stille um uns oder sind es die unerwartet ernsthaften Gespräche? Irgend etwas gibt Joachim den Mut, von sich zu erzählen. Dass er Halbjude ist, dass seine Familie im „Dritten Reich" ein schweres Schicksal hatte, und, und, und...

Darauf wissen wir nichts zu sagen. Mich fröstelt plötzlich in meinem feuchten Badeanzug. Gisela kaut auf einem Grashalm herum. In unser Schweigen fällt ein Satz, den Joachim wohl schon hundertmal gedacht hat: „Warum könnt ihr in mir nicht einfach einen Menschen sehen?"

Die Geschichte hat ein trauriges Ende. Gisela, die den Sieg in unserem Wettbewerb davon trug, hat Joachims geduldiges Werben nicht erhört, und mich hat er nicht gewollt.

Südstadt-Walhalla

„Walhall", das war in der nordischen Mythologie die Totenhalle, in der Odin die gefallenen Helden versammelte. Walhalla nannten in der Mitte des neunzehnten Jahrhunderts deutsche Nationalisten ihre als Marmortempel mit dorischen Säulen erbaute Ruhmeshalle bei Regensburg. Die Walhalla, die in meiner Erinnerung eine Rolle spielt, war ein bescheidener Tanzsaal in der Südstadt, dem Karlsruher Arbeiterviertel. Da ging es in den Zwanziger Jahren weder um Heldenehre, noch um Ruhmestaten. Da gab es den Wochenendschwof der kleinen Leute, die Weihnachtsfeiern der Vereine und der Firma von Steffelin, das Frühlingsfest des Männerchores und ähnliche harmlose Lustbarkeiten.

Als die Zeiten gefährlicher wurden, gab es Parteiversammlungen und Saalschlachten, dann die befohlenen Kundgebungen. Weg mit den Girlanden, her mit den Hakenkreuzfahnen. Kein Jahrzehnt dauerte diese Ära, da wurden zuerst aus den flotten Tänzern, später aus den fröhlichen Hitlerjungen ernste, graue Krieger.

Der Saal überdauerte alle Bombenangriffe. Mit seinen Wasserflecken an Decke und Wänden, dem immer wieder neu angenagelten Drahtglas an den Fenstern und dem zerschundenen Parkett wurde er zum Obdach für die unfreiwilligen Helden des Zweiten Weltkriegs, die russischen Zwangsarbeiter, die Obdachlosen nach den Bombennächten und zuletzt für die Flüchtlinge aus dem Osten. Der Name Walhalla klang wie Hohn ob all des menschlichen Elends, das sich hier verbarg.

Das Grauen des Krieges findet im Mai 1945 ein Ende. Die Not ist riesengroß, fast alle Leute sind fromm, und die Walhalla dient den Katholiken als Behelfskirche. Zu jedem Gottesdienst geduldiges Gedränge. Die Gesichter ausgehungert, die Kleidung schäbig. Viel Uniformtuch ist zu erkennen, manchem altmodischen Kleidungsstück sieht man an, dass es komplett gewendet wurde.

Die Schneider besorgen diese zeitraubende Arbeit für einen Sack Kartoffeln, ein Stück Speck oder andere nahrhafte Raritäten. Es riecht nach Mottenkugeln und Kellerluft. Läuse und Flöhe sind unterwegs. Manchmal bringt man die Tierchen mit ins behelfsmäßig hergerichtete Heim. Es gibt ein abendliches Ritual zur Früherkennung und Vermeidung des Läusebefalls. Notfalls wird das von der amerikanischen Besatzungsmacht großzügig zur Verfügung gestellte DDT eingesetzt. Keiner weiß, wie giftig das Zeug ist.

Am Abend des Allerheiligentages versammelt sich die Gemeinde zum Totengedenken. Das Thema geht jeden ganz persönlich an. Mütter trauern um ihre gefallenen Söhne, Frauen bangen um ihre vermissten Männer. Von meinem Bruder haben wir seit Januar nichts mehr gehört. Am Ende des Gottesdienstes unser Chor. Wir singen mehrstimmig, sind mit Leib und Seele dabei: „Wir sind nur Gast auf Erden..." Alle Trauer über das Verlorene, alle Sehnsucht nach Frieden und Geborgenheit klingt auf in unserem Gesang. Aber da ist auch dieses andere Gefühl: Wir sind jung, wir gehören zusammen, wir dürfen leben. So wunderbare Empfindungen wie Frommsein, Gutsein, Muthaben sind die flüchtigen Geschenke dieses Augenblicks.

Fünfzig Jahre sind seitdem vergangen. Der Schriftzug „Walhalla" ist an der Fassade des dazu gehörenden Restaurants immer noch schwach zu erkennen. „El Greco" heißt das Ganze jetzt, und es wird wieder getanzt, gesungen, gefeiert wie am Anfang – oder so ähnlich.

Feuerwerk

Seit ein paar Monaten ist Günter aus der Gefangenschaft zurück, und seit unserem überraschenden Wiedersehen ist er mein glühender Verehrer. Er schenkt mir Blümchen, malt mir Bildchen, schickt mir Briefchen. Wir kennen uns schon immer, er kommt aus einer angesehenen Familie, gehört wie ich der katholischen Jugendgruppe an, studiert Architektur, alles Tatsachen, die für ihn sprechen. Sein beharrliches Werben schmeichelt mir, aber die wahre Begeisterung will sich nicht einstellen.

An einem milden Sommerabend führt Günter mich besonders feierlich aus. Im Stadtgarten veranstaltet seine Fakultät ein Sommernachtsfest mit Tanz auf der Seebühne. Es ist der erste große Ball nach dem Krieg. Meine Mutter hat mir ein langes Abendkleid genäht. Den Stoff hat ein paar Jahre vorher einer ihrer Brüder aus dem besetzten Frankreich mitgebracht. Matt fließende Seide ist es, lachsrosa mit zierlichen glänzenden Putten im gleichen Farbton. Ich komme mir vor, als umwehe mich ein Hauch von Pariser Schick. Diesem erhebenden Gefühl tut auch die von einer Freundin geliehene hausbackene Häkelstola keinen Abbruch.

Günter ist bei meinem Anblick hin und weg. Er selbst hat sich offensichtlich aus dem Kleiderschrank seines Vaters bedient. Aber das stört nicht. Im Sommer 1946 sind alle Leute mehr oder weniger abenteuerlich gekleidet.

Der Stadtgarten ist wunderschön geschmückt. Im See spiegelt sich das farbige Licht der Lampions, Fackeln beleuchten die Wege und lassen ihr unruhiges Licht über Bäume und Sträucher huschen. Ich komme mir vor wie in einem lang vergessenen Traum. Die Kapelle ist in Glanzform. Ihre hinreißende Musik geht ins Blut und fährt in die Beine. Wir lassen kaum einen Tanz aus, verausgaben uns bei rauschenden Walzermelodien, flotten Foxtrottrhythmen und immer wieder Swing, Swing, Swing. Ich bin so selig, dass ich die ganze Welt umarmen könnte. Es macht mir nichts mehr aus, dass Günter kein Adonis ist, und er tanzt ja auch wirklich nicht schlecht in seinen geliehenen Schuhen. Vielleicht verliebe ich mich doch noch in ihn.

Zum Abschluss des Festes wird ein Feuerwerk abgebrannt. Böllerschüsse krachen, Raketen steigen auf, der Nachthimmel erstrahlt im Funkeln und Gleißen der Feuerwerkskörper. Hinter der Seebühne lodert ein glutrotes bengalisches Feuer. Und immer wieder das Donnern und Krachen. Ich bin seit dem ersten Kanonenschlag stocknüchtern, Panik erfasst mich, ich zittere am ganzen Körper, Tränen rinnen mir übers erhitzte Gesicht. Angst und Grauen der Bombennächte sind in mir aufgewacht, ich bin ihnen hilflos ausgeliefert.

Günter versteht mich nicht, geht auf Distanz, mahnt Selbstbeherrschung an. Schließlich sei er ja an der Front gewesen, meint er mir erklären zu müssen, und ich solle mich nicht so anstellen, so schlimm könne das mit den Bomben nicht gewesen sein.

Auf dem Heimweg sagen wir beide nicht viel, und den Brief, der zwei Tage später von ihm kommt, lasse ich zurückgehen. Ich brauche ihn nicht mehr. Sein Taschentuch hätte ich gebraucht und seine Schulter – vorgestern – im Stadtgarten.

Alma

Ich sehe die Szene in allen Einzelheiten vor mir, als wäre das alles gestern gewesen. Die Erinnerung daran schläft manchmal. Dann wieder – wie auf ein geheimes Stichwort – wacht sie auf, legt sich wie ein grauer Nebel auf mein Gemüt, lässt mich tagelang nicht in Ruhe.

Es war ein Dezembernachmittag im Nachkriegsjahr 1946. Mit viel Mühe und Phantasie hatten wir es geschafft, eine Art Wohnung in der schwer zerbombten Stadt zusammenzuflicken. Wir, das waren meine Eltern, beide fünfundvierzig Jahre alt, und ich, gerade achtzehn Lenze jung. Zu wenig Brennmaterial gab's, zu wenig Brot und Zucker und Fett – von Fleisch ganz zu schweigen – und schon gar nichts Passables anzuziehen.

Alles war so dürftig, so trist und so deprimierend. In meinen Tagträumen spielten so luxuriöse Dinge wie Palmolivseife, Vollmilchschokolade und neue Lederschuhe die Hauptrolle. Meine Cousine Alma saß am Küchentisch, war überraschend zu Besuch gekommen. Seit frühester Kindheit war sie mein Vorbild gewesen: Hübsch war sie, nein eigentlich schön, singen und tanzen konnte sie und irgendwann auch Klavier spielen, und wo sie hinkam, war sie der strahlende Mittelpunkt.

An diesem grauen Nachmittag in unserer grauen Küche kam sie mir vor wie einer der Stars aus den amerikanischen Filmen, so schön und elegant und wohlhabend sah sie aus. Neben ihr kam ich mir noch mausgrauer als gewöhnlich vor. Nur mit dem Strahlen und Lachen wollte es bei meinem Idol diesmal nicht klappen.

Ihr ginge es überhaupt nicht gut, meinte sie, ob wir noch von unserem Kartoffelschnaps hätten, fragte sie, kippte ein paar Gläschen mit Todesverachtung hinunter. Zu ihren Eltern hätte sie noch nie mit Sorgen kommen können, stotterte sie, die wollten immer nur angeben mit ihr, und bei uns sei das alles ganz anders und immer so weiter mit Andeutungen und Seufzern.

Wir verstanden die Welt nicht mehr. Man sah doch, dass Alma alles hatte, was eine junge Dame – so hieß das damals – sich wünschen konnte. Sie hatte es zur bewunderten Soubrette gebracht, zwar nicht beim Theater, aber doch immerhin im amerikanischen Offiziersclub.

Bei den Besatzern gab es doch alles, was Herz und Magen begehrten. Ihre Schuhe, die Nylons, das edle Kleid, alles sah so nobel aus und so neu. Ein ganzes Pfund Kaffee hatte sie mitgebracht und Camels für den Schwarzmarkt. Wir waren beeindruckt von so viel Reichtum und Großzügigkeit. Sogar einen Offizier hatte sie sich geangelt, würde mit ihm auswandern. Hatte jedenfalls ihre Mutter, meine Tante Anna, ausposaunt.

Nach dem Abendessen – es gab die üblichen Bratkartoffeln mit roten Rüben und zu Ehren unseres Gastes für jeden ein Spiegelei – verabschiedete sie sich ungewohnt förmlich, fast feierlich, um bei ihren Eltern zu übernachten. Am anderen Tag fuhr sie zurück nach Stuttgart, und wir haben sie nie wiedergesehen.

Noch im gleichen Monat ist sie an den Folgen einer Abtreibung gestorben. Bei einer Engelmacherin ist sie gewesen, eine Sepsis hat sie bekommen, elend zu Grunde gehen musste sie. Der Bräutigam hatte sich in die USA zurückversetzen lassen, konnte seine Familie nicht enttäuschen, würde sie nie vergessen. So stand es in den Briefen, die man bei ihr fand.

„Warum hat sie denn nichts gesagt", meinte meine Mutter, als sie endlich darüber reden konnte. „Das Kind hätten wir doch auch noch groß gekriegt."

Vielleicht hätten wir besser hinhören sollen an jenem grauen Nachmittag im Dezember.

Großmutter

Die jungen Leute sind auf der Hochzeitsreise. Man sieht es an ihren strahlenden Gesichtern und an der liebevollen Art, wie sie mit einander umgehen. Venedig oder sonst einen romantischen Ort haben sie sich für ihre Silberhochzeit vorgenommen. Jetzt, im Herbst 1953, hat es nur zu der kurzen Reise in den Odenwald gereicht, zur Patentante der jungen Frau. Die Tante hat ein goldenes Herz und ein paar Gästezimmer. Für heute haben sie sich den Besuch im Dorf auf dem Berg vorgenommen.

„Lass uns zu Fuß gehen, ich muss dir alles zeigen", die junge Frau ist ein bisschen aufgeregt. So oft hat sie ihrem Mann von ihrer Kindheit, von Ferien im Dorf ihrer Vorfahren erzählt. „Siehst du, da fängt der Fußweg an, ganz schön steil! Und der Fichtenschlag, der war noch ganz jung damals und ganz dicht, richtig zum Gruseln. Wenn ich da als Kind allein durch musste, hab' ich immer laut gesungen oder gepfiffen.

Jeden Sonntagmorgen sind wir den Weg hinunter ins Kirchdorf gerannt. Eine halbe Stunde hat es abwärts gedauert und fast eine Stunde bergauf. Im Winter mussten wir manchmal durch den kniehohen Pulverschnee stapfen. Während des Hochamtes taute dann der Schnee von Strümpfen und Schuhen. Das gab große Pfützen unter den Kirchenbänken. Frostbeulen hab' ich da gekriegt, sogar an den Knien. Das war im Winter 1939 auf 1940, da waren wir ein ganzes Jahr von Karlsruhe weg wegen der Westfront. Die Frostbeulen kommen vom Schlittenfahren, hat die Großmutter gesagt.

Sie hat nicht nur sonntags den beschwerlichen Weg zur Kirche gemacht. Wenn eine Messe für Angehörige oder Nachbarn bestellt war, ging sie auch wochentags hin und am Herz-Jesu-Freitag sowieso. Sie hatte dann immer einen geweihten Wachsstock bei sich. Den stellte sie vor sich auf die Kirchenbank und ließ ihn während der ganzen Messe brennen. Das war so eine Wachsschnur, vielleicht einen Zentimeter dick, die war wie ein Wollknäuel aufgewickelt.

Siehst du, hier gab's immer Pfifferlinge. Manchmal hat sie ein Schnupftuch voll für mich mitgebracht. Vor ihrem alten Herd ist sie dann gekniet, hat Kienspäne angezündet und geduldig ins Feuer geblasen, bis es richtig knisterte. Für mich allein hat sie das gemacht. Pfifferlinge in Butterschmalz und Bauernbrot dazu, so etwas Gutes habe ich nie mehr geschmeckt. Im Winter ist die Großmutter mit Stock und Laterne gegangen. Sie muss weit über siebzig gewesen sein, als sie sich diese weiten Wege nicht mehr zutraute.

Wenn die Großmutter durch das Dorf ging, hatte sie immer ein schön gebügeltes Kopftuch auf, und sonntags zur Kirche einen schwarzen Spitzenschal. Einen Astrachanmantel hatte sie, den habe ich später gekriegt. Daraus haben wir in der Nachkriegszeit einen bildschönen Mantel genäht. Weißt du, das war so ein dicker schwarzer Plüsch, der hatte ein Muster wie Eisblumen. Darin bin ich zur Tanzstunde gegangen, da war ich die Schickste.

Als ich noch zu klein war, um mich selbst zu kämmen, hat die Großmutter meine Locken immer mit dem tropfnassen Kamm glattgezogen, und wenn das nicht half, hat sie Schmalz dazu genommen. An Protest war nicht zu denken. Aber wenn meine Lippen aufgesprungen waren, dann gab's sauren Rahm drauf.

Abends ist sie in ihrem Korbsessel gesessen, nah beim Küchenfenster, wo die Krone des Birnbaums zum Greifen nah war, und hat den Rosenkranz gebetet."

Die junge Frau findet kein Ende. „Und wenn wir mal älter sind, kaufst du mir dann einen Korbsessel? Versprichst du es mir?"

Sie sind fast vierzig Jahre älter, als er sein Versprechen einlösen kann.

Lauras Zahn

Man sollte seine mühsam erworbenen Tugenden nicht zu hoch einschätzen. Das ist mir bei der Sache mit Lauras Zahn deutlich geworden.

Meine Nichte Laura war damals ungefähr vier Jahre alt und sehr eigenwillig. An ihren Zähnen war etwas nicht in Ordnung, und die durch einschlägige Erfahrungen gewarnten Eltern baten mich, weil ich schon in meinen jungen Jahren als besonders geduldig bekannt war, die liebe Kleine zur Zahnärztin zu begleiten.

Im vollen Bewusstsein meiner speziellen Fähigkeiten als Tante übernahm ich die ebenso ehrenvolle wie schwierige Aufgabe. Es kam, wie es kommen musste: Laura saß auf dem Behandlungsstuhl und machte den Mund nicht auf. Wieder im Wartezimmer angekommen, redete ich mit Engelszungen auf sie ein, und sie versprach, beim nächsten Mal ihren Mund zu öffnen. Auch der zweite Anlauf endete mit einer Niederlage der Zahnärztin.

Rückkehr ins Wartezimmer. Laura weint inzwischen, sogar ich beginne nervös zu werden. Die versammelten, offenbar sachkundigen Patientinnen gesetzteren Alters sparen nicht mit Ratschlägen: „Das wollte ich mal sehen", „Da würde ich anders durchgreifen" und so weiter. Laura erhöht unterdessen die Phonzahl. Ich also, die sprichwörtlich geduldige Tante, schleife das liebe Kind vor die Tür auf den Bürgersteig und versohle ihm (nicht ganz ohne eigene innere Gemütsbewegung, wie ich zugeben muss) die Sitzfläche. Auch hier fehlt es nicht an interessierten Zuschauern, die ausgesprochen emotional reagieren. „So eine Unvernunft, das unschuldige Kind zu schlagen", lautet noch einer der milderen Kommentare.

Bei unserer Rückkehr in die Praxis ist der Behandlungsstuhl wieder frei, Laura steigt behände hinauf, sie öffnet den Mund, und alles einschließlich Bohrer läuft wie am Schnürchen. Wie gesagt, man sollte die eigenen Tugenden nicht zu hoch bewerten.

Sieben Chefs

1944 - 1945

Bis zu meinem sechzehnten Geburtstag hatte ich eine ziemlich genaue Vorstellung von meinem beruflichen Werdegang. Nach der Handelsschulzeit, die im März 1944 mit der Prüfung zur mittleren Reife abgeschlossen werden sollte, wollte ich auf dem Umweg über die Wirtschaftsoberschule doch noch Lehrerin oder wenigstens Fürsorgerin werden. Das war eine Möglichkeit für Mädchen, deren Eltern das Schulgeld für Lyzeum und Abitur nicht aufbringen konnten.

Die Prüfung wurde ein voller Erfolg, aber meine hochtrabenden Pläne konnte ich begraben, weil das Vaterland nach mir rief. Aus dem anfangs siegreichen Feldzug der Deutschen Wehrmacht war längst der „totale Krieg" mit seinen Niederlagen an allen Fronten geworden. Das deutsche Heer befand sich auf dem „strategischen Rückzug", und uns Schulmädchen steckte man in die Rüstungsindustrie, um den Endsieg zu retten.

Mich verschlug es – genau drei Tage nach der Abschlussprüfung – zusammen mit mehreren Klassenkameradinnen in die am Rande Karlsruhes gelegene Zahnradfabrik. Zeitgleich mit uns wurden die letzten freischaffenden Dirnen der Stadt kriegsdienstverpflichtet. Unser gemeinsamer Chef war ein Ingenieur in mittleren Jahren, der sich alle Mühe gab, den Erfordernissen der Waffenproduktion einerseits und den Bedürfnissen seiner vorwiegend weiblichen Untergebenen andererseits gerecht zu werden. Wir „Mädels" arbeiteten an einer langen Werkbank, an der wir mit der Handhabung von Feile, Schraubenzieher, Schieblehre und ähnlichem feinmechanischen Gerät vertraut gemacht wurden. Die umfunktionierten Freudenmädchen mussten eiserne Wägelchen mit Material herumschieben, putzen, fegen und andere niedere Dienste verrichten. Kontakte ließen sich trotzdem nicht verhindern. Wir begriffen bald, dass diese von allen verachteten Frauen eigentlich prima Kumpels und ganz normale Leute waren. Wenn wir ihre Witze manchmal nicht verstanden, lachten wir trotzdem, um nicht so dumm dazustehen. Der Arbeitsanzug, „blauer Anton" genannt, den sie in der Fabrik tragen mussten, reduzierte ihre verführerischen Reize auf das Normalmaß, und das war gut für das Betriebsklima.

Ein paar Monate vergingen mit feilen, entgraten, schmieren und schrauben. Mir machte es Spaß, mit meinen Händen diese komplizierten kleinen Apparate zustande zu bringen und „gängig" zu machen. Auch die Anderen machten das Beste aus der Situation. Oft wurde bei der Arbeit gesungen, am liebsten Küchenlieder, und zwar zweistimmig und sehr hingebungsvoll. Von so ergreifenden Liedern wie „Mariechen saß weinend im Garten" oder „Heinrich schlief bei seiner Neuvermählten" ließen wir sämtliche riskante Strophen ertönen. Keine Gelegenheit zu Albereien blieb ungenutzt.

Dass wir sogar zusätzliche Lebensmittelmarken, die sogenannte Schwerarbeiterzulage, bekamen, machte uns stolz und verhalf dem mageren häuslichen Speiseplan zu etwas mehr Fülle, den obligatorischen Suppen zu ein paar Fettaugen.

Die nächtlichen Fliegerangriffe nahmen an Häufigkeit und Schwere zu. Schließlich war auch tagsüber wegen der ständigen Alarme und oft überraschenden Angriffe kein kontinuierliches Arbeiten mehr möglich. Deshalb zog der ganze Betrieb zu Beginn des Sommers 1944 ins nahe Elsass um. Dort hatte die Behörde ein hinter dem Rheindamm in der Nähe von Lauterburg gelegenes Fabrikgebäude beschlagnahmt. Das hieß für uns, täglich kurz nach sechs Uhr den Zug in Richtung Rheinbrücke zu besteigen. An die vierzigminütige Fahrt schloss sich ein Fußweg von zwanzig Minuten an. Niemand wäre auf die Idee gekommen, sich gegen diese Bedingungen aufzulehnen. Im Grunde waren wir erleichtert, wenigstens tagsüber den Ängsten und Gefahren der Fliegerangriffe entrinnen zu können.

Es folgten ereignisreiche Sommermonate voller Mühen und Entbehrungen, aber auch überglänzt von traumhaften Naturerlebnissen. Von der Werkbank aus bot sich uns der Ausblick über die Flusslandschaft in ihrer herben Schönheit. Bei gutem Wetter aßen wir unser dürftiges Mittagsbrot heimlich während der Arbeit. Der Gang zur Toilette wurde zum Unterziehen des Badeanzugs benutzt. Ich besaß ein selbstgestricktes Modell, das jegliche Eleganz vermissen ließ und in nassem Zustand deutlich seine Form veränderte. Die Anderen waren auch nicht viel schicker. Beim ersten Ton der Werkssirene rannten wir hinaus in die Mittagssonne, ließen unsere Kittelschürzen fallen, und hinein ging's in die Fluten. Es ist ein großartiges Gefühl, sich in einem Fluss treiben zu lassen. Die Strömung trägt einen in zügigem Tempo flussabwärts. Man braucht kaum etwas zu tun. Der Nervenkitzel ob der Gefährlichkeit dieses Abenteuers erhöht den Genuss. Das Aussteigen aus der reißenden Flut braucht alle Anstrengung, und es geht selten ohne blaue Flecken an Armen und Beinen ab.

Ein paar Mal, als wir eine zusätzliche Nachtschicht einschieben mussten und der Mond es gut mit uns meinte, stiegen wir um Mitternacht in die geheimnisvolle Flut. Es war so still, dass man die Kiesel auf dem Grund singen hörte, auf den Wellen tanzten silberne Lichter, der Körper glitt fast schwerelos dahin. Alle Übermüdung und Angst war vergessen für eine kurze Zeitspanne reinsten Glücks.

In der Umgebung des Fabrikgebäudes entdeckten wir einen Altrheinarm. Wie ein verwunschener See lag er da inmitten von Erlen und Weiden und üppigem Schilf. Über und über war er mit Seerosen bedeckt, feierlich weißen und strahlend gelben. Wie Wachsblumen sahen sie aus. Schwertlilien gab es und Hummeln und Libellen und ein altes, halb verrottetes Boot. In der nächsten Nacht brachten wir einen Blecheimer mit, um Seerosen zu pflücken. Es wurde eine herbe Enttäuschung. Die Dinger hatten endlos lange, zähe Stängel, und als wir endlich unsere Beute im Eimer hatten, roch alles so modrig, und die Blüten hatten ihren wächsernen Schmelz verloren. Zur Verschönerung des Arbeitsplatzes mussten wir uns etwas anderes einfallen lassen.

Nicht weit von unserer Fabrik gab es ein ausgedehntes Holzlager. Es muss Grubenholz aus den Vogesen oder dem Pfälzer Wald gewesen sein, das für den Bergbau an der Ruhr bestimmt war. Irgendwann beobachteten wir, dass ausgemergelte Gestalten in feldgrauen Uniformen das Holz auf Lastwagen luden. Kriegsgefangene konnten sie nicht sein. Dazu sahen sie zu deutsch aus. Die meisten waren jung, und keiner gab je eine Antwort auf unsere heimlichen Fragen. Wir fingen an, Essbares in den Holzstapeln zu verstecken. Das ging ein paar Wochen gut, dann wurde uns mitgeteilt, es handele sich um eine deutsche Strafkompanie, alles Vaterlandsverräter, und jeder Kontakt mit diesen Feiglingen sei uns streng verboten. Da war es aus mit dem Singen und Albernsein. Verstört und voller Zweifel taten wir unsere Arbeit. Nur mit den Eltern konnte ich darüber reden. Was war das für ein Endsieg, für den wir da so aufopferungsvoll schufteten? Und was war das für ein Vaterland, das so mit seinen Menschen umging?

Die russischen Zwangsarbeiterinnen, die wir von Anfang an in der Fabrik sahen, waren auch im Elsass dabei. Ich habe nie erfahren, wo sie untergebracht waren und wie sie lebten.

Dass unser Chef sie gerecht, fast väterlich behandelte, imponierte nicht nur mir. Während einer Nachtschicht hörten wir aus der unter uns liegenden Maschinenhalle einen gellenden Schrei. Eines der russischen Mädchen hatte das vorgeschriebene Kopftuch nicht ordentlich gebunden, sie war mit den Haaren zu nah an die Maschine geraten, und das Räderwerk hatte ihr die halbe Kopfhaut abgerissen. Sie wurde ins Krankenhaus gebracht, und wir haben nie mehr etwas von ihr gehört.

Mit der Zeit sprach es sich herum, dass wir Zubehör für die in Swinemünde im Bau befindliche V-2-Rakete herstellten. Diese Wunderwaffe sollte, wenn sie erst fertig wäre, der deutschen Nation den immer dringender benötigten Endsieg bringen. Dass das Fertigwerden der V-2 und der Endsieg kühne Träume waren, wussten alle, aber niemand sprach öffentlich darüber. Regelmäßig alle zwei Wochen kamen ein paar schneidige Luftwaffenoffiziere in einem feldgrauen VW-Käfer aus Swinemünde, um die fertiggestellten Antriebsteile abzuholen. Beim nächsten Mal brachten sie die Dinger dann wieder zurück, und es musste ein Detail geändert werden. So ging das immer weiter. Es handelte sich bei unseren Werkstücken um etwa faustgroße Metallgehäuse, in deren Zentrum sich eine eiserne Schnecke befand, die wiederum ein Zahnrad drehte, mit dessen aus dem Gehäuse herausragendem Zahnkranz ein Kabelzug bewegt werden sollte. Das Zahnrad wurde in unserem Werk aus einer Art Bakelit gepresst. Dieses Material war noch nicht erprobt, und es gab immer neue Schwierigkeiten mit dem störanfälligen Antrieb. Der ganze Mechanismus musste vor der Montage absolut sauber sein und wurde mit einer dicken Schicht bläulich schimmernden Maschinenfettes, das man Flugzeugfett nannte, geschmiert.

Beinahe wäre mir die hohe Schmutzempfindlichkeit dieser Geräte eines milden Spätsommernachmittags zum Verhängnis geworden. Ich hatte die ehrenvolle Aufgabe, den Offizieren beim Beladen ihres PKW-Anhängers zu helfen. Es befanden sich ungefähr dreißig von unseren „Schneckenhäusern" auf einem hölzernen Tablett. Dieses hatte man diagonal auf die Oberkante des Anhängers gestellt. Der wiederum stand auf dem Sandplatz vor unserer Fabrik. Ich fing also an einer Ecke des Tabletts an, mit flinken Fingern Gerät um Gerät umzupacken. Als ich ungefähr ein Drittel des Materials vom Tablett genommen hatte, und zwar immer schön der Reihe nach, kippte das ganze Brett, und die restlichen zwei Drittel lagen im Sand. Die darauf folgende Schrecksekunde dauerte eine Ewigkeit. Der Offizier – er war so kreidebleich wie ich – lief zum Chef, und dieser muss wohl ohne Zögern seine Hand für mich ins Feuer gelegt haben, als der Offizier von Sabotageverdacht sprach. Der Schreck saß uns allen noch lange in den Gliedern. Dass die verschmutzten Geräte wieder auseinander geschraubt, entfettet, neu montiert, geschmiert und gängig gemacht werden mussten, machte mir niemand zum Vorwurf.

Der Krieg war indessen in der Kanonen-statt-Butter-Phase angelangt, die Westfront rückte Tag für Tag näher, man schlief wegen der Fliegerangriffe nur noch im Keller, wenn von Schlafen überhaupt die Rede sein konnte.

Es kam der Tag im September 1944, an dem wir schon mittags nach Hause geschickt wurden, weil kein Zug mehr in Richtung Karlsruhe fuhr. Zu Fuß machten wir uns auf den Heimweg, kamen gegen Abend bei der Rheinbrücke an. Auf der Brücke kauerten Soldaten bei ihrem Flakgeschütz. Die schrieen uns an, ob wir verrückt geworden seien, wir müssten doch die Tommys über uns hören. Da hockten wir uns zitternd und stumm auf den Rheindamm und mussten zusehen, wie unsere Stadt bombardiert wurde.

In silbrigen Zickzackreihen sahen wir Sprengbomben aufleuchten, wenn sie im Fallen das Sonnenlicht reflektierten. Pausenlos dröhnten Detonationen zu uns herüber, riesige Staubwolken legten sich über ganze Stadtteile. Immer neue Wellen von Bombern dröhnten über uns hinweg, die Flak schoss, wir weinten und hielten uns aneinander fest. Das Donnern der Explosionen verstummte, jetzt fielen Brandbomben. An tausend Stellen stieg dunkler Rauch auf. Die Stadt brannte. Ich weiß nicht mehr, wie ich nach dieser Stunde des Entsetzens nach Hause gekommen bin, und ich kann mich nicht mehr daran erinnern, wo und wie ich meine Eltern antraf. Aber dass wir Freudentränen weinten, als wir uns unverletzt wiedersahen, das weiß ich noch gut.

Mit den Elsassfahrten war es vorbei, nach ein paar Tagen schickte man uns nach Malsch. In diesem rund dreißig Kilometer südlich von Karlsruhe gelegenen Dorf hatte man die Turnhalle beschlagnahmt, und dort wurde weiter produziert. Als neueste Verstärkung wurden der Fabrik vier gefangene italienische Marineoffiziere zugeteilt. Sie hatten sich als Gefolgsleute Badoglios gegen ihre früheren deutschen Waffenbrüder gewandt, und das hatten sie mit ihrer Freiheit bezahlt. Toll sahen die aus in ihrem dunkelblauen Tuch. Bis dahin hatte ich schöne Italiener höchstens mal im Kino gesehen. Und hochmütig waren diese Herren. Vor der Arbeit drückten sie sich, wo sie nur konnten, und irgendwie schafften sie es immer, sich elegant an allen Unannehmlichkeiten vorbeizuwinden. Der Chef vermied es sichtlich, sich mit ihnen anzulegen.

Nach zwei Monaten Malsch – es war Mitte November 1944 – wurde unser Abendzug bei der Einfahrt in den Karlsruher Hauptbahnhof bombardiert. Lokomotive und Tender kippten um, ein großer Haufen Kohleglut versperrte den Bahnsteig, Maschinengewehrfeuer knatterte, Verwundete schrieen, es herrschte Panik. Irgendwann fand ich mich im Bunker unter den Gleisen wieder. Ich zitterte am ganzen Leib, in der Hand hielt ich einen großen, grauen Knopf. Ich musste ihn von einem Herrenmantel gerissen haben. Da kauerte ich nun in einer Nische des langen Bunkerganges, und mir war erbärmlich schlecht.

Als endlich Entwarnung gegeben wurde, schlich ich mich weinend nach Hause. Von diesem Abend an war ich nur noch ein jämmerliches Häufchen Angst. Jedes Motorengeräusch versetzte mich in Panik, ich wollte Tag und Nacht im Keller bleiben.

Meine resolute Mutter beschloss unsere Flucht aus der Stadt. „Aus mit Tapferkeit und Pflichterfüllung für das Vaterland, egal, ob wir weiter Lebensmittelkarten bekommen oder nicht, rette sich, wer kann!" Wir beluden unsere Fahrräder mit je einem Persilkarton, der unsere wichtigste Habe enthielt, und schoben sie über trümmerbesäte Straßen und vorbei an riesigen Bombentrichtern hinaus aus der Stadt. Unser Ziel war der Bauernhof des Großvaters im Odenwald. Dort wollten wir unterkriechen. Am ersten Tag kamen wir bis Upstadt, etwa 40 km nördlich von Karlsruhe. Wildfremde Leute nahmen uns für die Nacht auf. Zum Abendbrot gaben sie uns Spinat und Bratkartoffeln. Sogar Spiegeleier brieten sie für uns.

Auf dem Bauernhof in der Nähe von Walldürn erreichte mich nach kurzer Zeit die amtliche Aufforderung, meine Arbeit in der Zahnradfabrik wieder aufzunehmen, und zwar diesmal in Möckmühl an der Jagst. Im Falle der Weigerung würden mir die Lebensmittelmarken gestrichen. Ich also, wieder per Fahrrad, strampelte bergauf und bergab ins fünfzig Kilometer entfernte Möckmühl. Dass ich mit Verspätung an meinem neuen Arbeitsort eintraf, hatte gravierende Folgen. Die Behörde hatte bei allen Familien des kleinen Städtchens rigoros Quartier gemacht, um alle Betriebsangehörigen unterzubringen. Das wirklich allerletzte Zimmer wurde mir zugeteilt. Es gehörte zur dürftigen Zweizimmerwohnung der Familie Schmitt. In Friedenszeiten hatte Herr Schmitt, der jetzt als Besatzer in Frankreich Dienst tat, sich als Korbflechter betätigt, wenn er nicht gerade zu müde war, um überhaupt aufzustehen. Seine Frau Adelheid trug durch Schneckensammeln zum Familieneinkommen bei. „Schneckeschmittlichs Adelheid", so hieß sie im Städtchen, war sehr gutmütig und sehr beschränkt. Sie bewohnte mit ihren drei Kindern, die alle total verlaust waren, die kleine, schmutzige Küche und das immer unaufgeräumte Schlafzimmer. Die Tage verbrachten sie beim Großvater, der in einem baufälligen Häuschen am Ortsausgang wohnte und Ziegen, Gänse und Hühner im wilden Durcheinander seines Gartens hielt.

Mir wurde das sogenannte Wohnzimmer, in dem das Bett des Familienvorstandes stand, zugeteilt. Immer, wenn Adelheid mein Bett frisch bezog, ließ sie zwei, drei Flöhe für mich zurück. Zum Glück mochten die Biester mich nicht. Aber wie die krabbelten! Wenn ich ruhig schlafen wollte, musste ich sie fangen. Und die können fantastisch hüpfen. Das sollte jeder einmal gesehen haben. Mit List und Tücke und meinem spuckefeuchten Zeigefinger blieb ich jedes Mal Sieger.

Einmal kam ich müde nach Hause und sah die Feuerwehr in unserer Gasse. Die dazugehörenden Gaffer informierten mich: „Bei's Schneckeschmittlichs brennt's!" Zu meiner Erleichterung handelte es sich um blinden Alarm. Adelheid, die mich ins Herz geschlossen hatte, war auf die kühne Idee gekommen, mein Zimmer auf Hochglanz zu bringen. Sie hatte den Fußboden geölt und das Ofenrohr gleich mit. Als sie dann für mich Feuer machte, zogen dicke Rauchschwaden aus dem Fenster, und die Feuerwehr wurde alarmiert. Ach Adelheid, du hattest es doch nur gut gemeint!

In der Fabrik überstürzte sich niemand mehr bei der Arbeit. Für die Zwangsarbeiterinnen und die Gefangenen wurde endlich gesorgt, so gut es ging. Alle Vorgesetzten bemühten sich, mit heiler Haut aus dem Desaster herauszukommen. Es herrschte Weltuntergangsstimmung. Nach dem Motto „Genießet den Krieg, denn der Friede wird fürchterlich!" wurde keine Gelegenheit zu überdrehten Feiern ausgelassen. An Alkohol, wenn auch in seinen abstrusesten Erscheinungsformen, herrschte kein Mangel. Alle wollten noch einmal das volle Leben oder das, was sie dafür hielten, spüren. Morgen konnte alles aus sein. Was sollten da alte Treueschwüre und noch ältere moralische Bedenken. Ich mit meinen unschuldigen siebzehn Jahren verstand das alles nicht, war abwechselnd empört, verwirrt, mutlos oder enttäuscht. So hatte ich mir das volle Leben nicht vorgestellt.

Im März 1945 gab es Einquartierung im Städtchen. Ein nächtliches Tanzfest wurde arrangiert. Wir Mädchen aus der Zahnradfabrik wurden vom Kompaniechef eingeladen. Ich weiß nicht mehr, wer der Veranstalter war, aber dass sich alles auf dem Schlossgelände oberhalb des Städtchens abspielte, und dass der Vollmond über dem Park stand, weiß ich genau.

Das Gesicht des jungen Soldaten, der mir während der ganzen Nacht nicht von der Seite wich, sehe ich noch vor mir. Vom ersten Augenblick an waren wir einander zugetan, vorbehaltlos, so als hätten wir schon immer auf diese Begegnung gewartet. Wir vergaßen das Treiben um uns herum, waren nur einander zugewandt, erzählten von unserem Leben, unseren Idealen und Sehnsüchten. Und sahen uns immer nur an. Und wussten, dass in ein paar Stunden alles vorbei sein würde. Und dass aus unserer Liebe nichts werden konnte. Beim Abschied wagten wir eine schüchterne Umarmung. So gern hätte ich etwas Liebes gesagt, aber die Kehle war mir vom Kummer zugeschnürt. Ich habe nie mehr etwas vom wunderbaren Gefährten dieser verzauberten Nacht gehört, weiß nicht einmal mehr seinen Namen.

In der Karwoche rief mich mein väterlicher Chef zu sich. Ich hätte doch ein Fahrrad, meinte er, und ich führe doch regelmäßig zu meiner Mutter. Die Amerikaner seien ja nun nicht mehr weit weg, und wie er wisse, habe es beim Vormarsch der Franzosen im Schwarzwald – dort befand sich die andere Hälfte unserer Fabrik – zahlreiche Vergewaltigungen gegeben. Kurz, er würde es gern sehen, wenn ich mich bei meiner Mutter und meinen Verwandten in Sicherheit bringen würde. Meinen Einwand, ich könne gar nicht zu meiner Mutter fahren, weil an meinem Fahrrad die Vordergabel gebrochen sei, wischte er mit einer Handbewegung vom Tisch. „Das wird im Betrieb geschweißt!" versprach er mir.

So geschah es, und am Karfreitag des Jahres 1945 startete ich in Richtung Norden. An der Lenkstange hing ein von Herrn Schmitt in besseren Zeiten geflochtener Korb, darin befand sich ein stattlicher Vorrat an Waffeln, den Adelheid eigens für mich gebacken hatte. Mein Proviant wurde ergänzt durch ein hartgekochtes Gänseei aus den Vorräten von Adelheids Vater. Das erste Kapitel meiner beruflichen Karriere fand mit dem Abschied von Möckmühl ein jähes Ende.

Vor mir lag der abenteuerliche Heimweg. Das waren fünfzig Kilometer Landstraße, immer bergauf und bergab. In meiner Richtung fuhr außer mir niemand. Über mir erschien von Zeit zu Zeit ein sogenannter feindlicher Jagdbomber. Mir entgegen kam, teils motorisiert und teils zu Fuß, die auf dem planmäßigen Rückzug befindliche deutsche Armee. Das hieß alle halben Stunden gemeinsam mit den Soldaten im Straßengraben Deckung suchen, Fragen nach meinem Woher und Wohin beantworten, entmutigende Kommentare ertragen, gute Wünsche austauschen. Die Soldaten waren hungrig, mir grauste vor Adelheids Waffeln, da half nur Tauschen. Den Soldaten schmeckte Adelheids Backwerk. Ich bekam im Gegenzug Bonbons und SchokaCola, die Durchhalteschokolade der Deutschen Wehrmacht. Und dann hatte ich ja noch das hygienische einwandfrei verpackte Gänseei. Es war tatsächlich, wie Adelheid mir versichert hatte, ein besonderer Leckerbissen.

Es ist schon lange dunkel, als ich mein Fahrrad den alten Totenweg von Walldürn zum Dorf meiner Väter hinaufschiebe. Ich rechne jeden Moment damit, dass ein amerikanischer Panzer, ein „Tank", aus dem Unterholz brechen und direkt auf mich zufahren wird. Ein tiefschwarzer Sergeant in Khaki-Uniform wird herunterspringen und mir sein großes Messer an die Kehle setzen. Die Propaganda in Wochenschau und Volksempfänger tut ihre späte Wirkung.

Mitten in der Nacht klopfe ich an die Schweinestalltür auf Großvaters Hof und rufe meinen Namen. Die Stalltür unter dem Wohnhaus ist ein Geheimtipp für späte Besucher. Ich falle in die Arme meiner Mutter, wir weinen vor Glück. Ich bin bei ihr geborgen. Zwei Tage später fahren amerikanische Panzer durch das nahe Morretal. Ich brauche nie mehr für den Endsieg zu arbeiten. Von meinem allerersten und allerbesten Chef habe ich nie mehr etwas gehört.

September und Oktober 1945

Meinen zweiten Chef fand ich durch Vermittlung meines Vaters. Wieder spielte die Nazizeit eine Rolle. Zum besseren Verständnis muss ich weit in die Vergangenheit zurückgreifen. Mein Vater war in den zwanziger Jahren als Bauernsohn ohne Berufsausbildung in die Großstadt gekommen, um einen Broterwerb zu suchen. Er fand Arbeit als Fuhrmann bei einer Speditionsfirma und brachte es nach ein paar Jahren zum Lageristen.

In dieser Funktion hatte er schon bald nach der Machtübernahme durch Hitler mit wohlhabenden Karlsruher Juden zu tun, die vor ihrer Emigration ihre wertvollste Habe in den Mietverschlägen des Lagerhauses verstauten. Vater verstand es, mit jiddischen Redewendungen und hebräischen Zahlen, die er früher beim Umgang mit jüdischen Viehhändlern gelernt hatte, das Vertrauen dieser sonst recht schweigsamen Kunden zu erwerben. Er übersah geflissentlich die verbotenen Wertgegenstände, die zwischen Bücherkisten oder Ähnlichem versteckt eingelagert wurden, und war wohl bald so etwas wie ein Geheimtipp bei Juden, die ihre Auswanderung vorbereiteten. Die Informationen, die er in diesem Zusammenhang erhielt, bestärkten ihn in seiner Skepsis gegen Hitler und alle „Braunen".

Im August 1945 fand sich im relativ gut erhaltenen Lagerhaus der jüdische Wirtschaftsprüfer und Steuerberater W. ein, um seine Sachen abzuholen. Er hatte einen mehrjährigen KZ-Aufenthalt in Theresienstadt überlebt und war im Begriff, sich eine neue Existenz aufzubauen. Mit seiner nichtjüdischen Frau, die während seiner Inhaftierung bei Verwandten untergekommen war, bewohnte er jetzt eine bescheidene Dreizimmerwohnung, in der er sein erstes Büro einrichtete. Er suchte eine junge, anpassungsfähige Bürokraft.

Da wusste mein Vater Rat, denn zu Hause saß ja ich. Ein paar Tage später trat ich meinen Dienst bei Herrn W. an. Es war von der ersten Stunde an die Hölle für mich, für seine Frau, und für ihn wahrscheinlich auch. Mein neuer Arbeitgeber war körperlich und seelisch am Ende. Anstatt sich in den Existenzkampf zu stürzen, hätte er in einem Sanatorium Erholung suchen müssen. Das begriff ich erst viel später. Beim Diktat rannte er in dem engen Büro auf und ab wie ein Tiger im Käfig, stolperte immer wieder über den Teppich, verhaspelte sich beim Sprechen. Seine linke Gesichtshälfte war seit einer schweren Verwundung im ersten Weltkrieg blau-schwarz verfärbt und durch ein Glasauge entstellt. Das machte mir seinen Anblick fast unerträglich, besonders wenn er zornig war. Nach solchen Auftritten war ich wie gelähmt.

Wenn mein Chef das Haus verlassen hatte, um mit seinem alten Fahrrad ins Stadtzentrum zu Terminen zu fahren, ging ich mit zitternden Knien in die Küche. Dort saß seine Frau am Küchentisch und schrieb den Einkaufszettel für mich. Manchmal weinte sie, manchmal weinte ich, oft weinten wir alle beide. Ich kaufte die kärglichen Lebensmittel ein, die zu haben waren. Dann hatte ich im Büro Staub zu wischen und zu saugen. Für diese Aufgaben war wohl meine Anpassungsfähigkeit gedacht. Die Schreibarbeit hielt sich in Grenzen. Ich war so verunsichert, dass ich nur mit großer Mühe die anfallenden Briefe zustande brachte. Die alte Schreibmaschine war ein zusätzliches Problem. Vor dem Unterschreiben hielt Herr W. jeden Brief gegen das Licht, um ihn auf Radierungen zu untersuchen. „Haben sie das beim BDM gelernt?" fauchte er dann. Sein Lieblingssatz lautete: „Das ist die Nazischulbildung!" Er schimpfte so laut, dass man ihn bestimmt draußen auf der Straße verstand.

Er musste doch wissen, dass wir zu Hause nie Nazis gewesen waren. Und er konnte doch nicht davon ausgehen, dass ich als Anfängerin schon so perfekt war, wie er sich das vorstellte. Ich konnte doch nichts dazu, dass er im ersten Weltkrieg als Freiwilliger schwer verwundet und mit dem EK I ausgezeichnet worden war, und dass ihn die GESTAPO trotzdem ins KZ steckte!

Mir ging es immer schlechter. Allmählich begann ich, an mir selbst zu zweifeln. Bis jetzt hatte ich doch alle Aufgaben, die mir das Leben stellte, mit links gemeistert. Wenn ich nur an meinen unberechenbaren Chef dachte, bekam ich Magenschmerzen. Aber an Kapitulation dachte ich nicht. Ich wollte meinen Vater nicht enttäuschen, und überhaupt hatte ich noch nie das Handtuch geworfen.

Meiner Mutter entging meine erbärmliche Verfassung nicht. Sie erklärte kategorisch: „Du musst da nicht aushalten, wir kommen auch so durch, und die paar Mark, die der bezahlt, sind sowieso nichts wert!"

Bei der nächsten Wutattacke hielt mein Boss mir vor, er würde mich nur meinem Vater zuliebe weiterbeschäftigen. Das war genau das Stichwort, das ich brauchte. Ich widersprach ihm zum ersten Mal, packte meine Sachen zusammen und verschwand für immer.

Drei Jahre später handelte ich mir eine allerletzte Gehässigkeit des Herrn W. ein. Sie gehört hierher, weil sie die Geschichte meiner beruflichen Niederlage vervollständigt.

Zu diesem Zeitpunkt war ich zwanzig Jahre alt und Angestellte eines Karlsruher Staranwaltes. Dieser machte keinen Hehl daraus, dass er mich sehr schätzte. Unser Umgangston war herzlich und offen. Im Herbst 1948 hatte besagter Anwalt beruflich mit Herrn W. zu tun und ärgerte sich immer wieder über dessen rüden Ton. Das gab mir Gelegenheit, die

Geschichte meiner beruflichen Niederlage in allen Einzelheiten vor ihm auszubreiten. Mein neuer Chef versprach mir augenzwinkernd, Herrn W. bei nächster Gelegenheit eins auszuwischen. Das hat er dann wohl auch gründlich besorgt.

Ein paar Wochen später fuhr ich mit der Straßenbahn von der Anwaltskanzlei nach Hause. Zu spät merkte ich, dass Herr W. mir gegenüber saß. Damals saß man noch auf langen Bänken quer zur Fahrtrichtung. Mein Gegenüber verwickelte mich sofort in ein Gespräch: „Herr Dr. C. scheint ja außerordentlich zufrieden mit Ihnen zu sein!" tönte er lautstark. „Ich glaube schon", murmelte ich. Die ganze Straßenbahn hörte gebannt zu. „Da müssen Sie sich aber kolossal vervollkommnet haben!" trompetete mein alter Widersacher. Ich stand hochroten Kopfes auf und verließ an der nächsten Haltestelle die Linie neun. Den Rest des Nachhauseweges ging ich wutentbrannt zu Fuß. Am meisten ärgerte ich mich über mich selbst, weil ich auch diese Runde kampflos aufgegeben hatte.

Mai 1946 bis Dezember 1947

Mein dritter Chef war eine glatte Fehlbesetzung. Sein Schwiegervater war ein bewährter städtischer Beamter und rückte als politisch Unbelasteter bei Kriegsende in die Position des wegen seiner niedrigen Parteinummer gefeuerten Sozialamtsleiters auf. Da auch die Stelle des Jugendamtsleiters aus Gründen der Entnazifizierung frei war, setzte er ohne Bedenken seinen Schwiegersohn auf diesen verantwortungsvollen Posten. Der junge Mann war zwar politisch unbelastet, aber es fehlte ihm die erforderliche Ausbildung, was seiner Amtsführung und speziell dem Umgang mit den erfahrenen Fürsorgerinnen sehr abträglich war. Bei meiner Bewerbung wusste ich das alles nicht. Ich hatte mir in den Kopf gesetzt, mindestens ein Jahr beim Jugendamt zu arbeiten, um so eine der Vorbedingungen für die Aufnahme in die Fachschule für soziale Frauenberufe zu erfüllen.

Die Arbeit im Vorzimmer des Jugendamtsleiters gefiel mir gut, und ich gab mein Bestes. Ich wiederum gefiel meinem Vorgesetzten viel zu gut, was die Zusammenarbeit sehr verkomplizierte.

Manchmal durfte ich mitgehen, wenn eine Fürsorgerin Kinder aus einer verwahrlosten Wohnung oder Behausung holen musste. Ich bekam erste beklemmende Einblicke in die Gefahren meines ersehnten Berufes, lernte Not und Elend der vom Schicksal Benachteiligten in erdrückendem Maße kennen. Sogar die damals wieder um sich greifende Krätze handelte ich mir ein.

Eine der Aufgaben des Jugendamtes in diesen Hungerjahren bestand darin, unterernährte Kinder für die Verschickung in die Schweiz auszuwählen. Dort sollten sie für sechs Wochen bei frommen Bauernfamilien leben und aufgepäppelt werden. Eine Kommission, die aus einer amerikanischen Ärztin und deren Mitarbeiterinnen bestand, reiste an, um die Auswahl der Kinder zu überwachen und den Transport zu organisieren. Beim Umgang mit diesen Damen lief mein Chef zu großer Form auf. Englisch konnte er fließend, und ein windiger Charmeur war er von Natur aus.

Mir fiel an einem Wochenende die Aufgabe zu, wichtige schriftliche Unterlagen nach Frankfurt zu bringen, wohin die amerikanische Kommission weitergereist war. Ich fuhr also stundenlang im überfüllten Zug, dann nach langem Hin- und Herfragen mit der Straßenbahn zum Büro der Amerikaner. In wenigen Minuten war ich abgefertigt und bekam für meine Mühe zwei Schokoladenstückchen, jedes 1 x 2 cm groß, aber stillvoll in Silberpapier verpackt.

Trotz meines Hungers hätte ich der gepflegten und wohlgenährten Dame ihr großzügiges Geschenk gerne an den Kopf geworfen, wenn ich den Mut dazu gehabt hätte. Für meinen charmanten Chef bekam ich zwei Schachteln Camels. Die hätte ich auf dem Schwarzmarkt verschieben sollen, das wäre nur gerecht gewesen. Aber auch dazu war ich zu feige.

Dass die schweizerischen Rote-Kreuz-Schwestern und Ärzte uns Deutsche bei der Übernahme der Kinder auf dem Bahnsteig des Karlsruher Hauptbahnhofs wie den letzten Dreck behandelten, war schwer zu ertragen. Diese Eidgenossinnen und -genossen waren doch im Dienste der Humanität unterwegs!

Hin und wieder kam ein Jugendrichter des Landgerichts Karlsruhe zu Besprechungen in unser Amt. Er imponierte mir von Anfang an in jeder Hinsicht. Mein liebeshungriger Vorgesetzter, den ich nur mit Mühe auf Distanz halten konnte, sang wohl bei ihm mein Lob in den höchsten Tönen. Das sollte er bereuen, denn als der Richter seinen Abschied aus dem Staatsdienst nahm, um eine eigene Anwaltskanzlei zu eröffnen, warb er mich ab. Mein vorgesehenes praktisches Jahr beim Sozialamt war längst erfüllt, das Gehaltsangebot des Anwalts konnte sich sehen lassen, und ich war heilfroh, nicht länger die hungrigen Blicke meines Möchtegern-Casanovas ertragen zu müssen.

Ein paar Jahre später sprach es sich herum, dass die Stelle des Jugendamtsleiters wieder mit einem kompetenten Beamten besetzt und mein Verehrer sang- und klanglos verschwunden war.

Januar 1948 bis Mai 1949

Am 2. Januar 1948 trat ich meinen Dienst als Stenotypistin des Rechtsanwaltes Dr. C. an. Mein neuer Chef erwies sich bei näherem Kennenlernen als faszinierender Mann, exzellenter Anwalt und großartiger Mensch. Ich habe nicht nur beruflich eine Menge von ihm gelernt.

Noch nie zuvor hatte ich einen so eleganten, gepflegten und charmanten Mann auf so kurze Distanz erlebt. Groß war er und sehr stattlich. Er trug einen dunklen Spitzbart (wegen seiner ausgeprägten Habsburgerlippe, wie er mir gestand). An seinem linken Finger steckte ein dicker Brillantring, und das rechte Handgelenk zierte – bei Herren damals absolut unüblich – ein Goldkettchen, nicht besonders schwer, aber auch nicht zu übersehen. „Das brauche ich, damit ich nie ganz nackt bin!" lautete seine Erklärung. Ich wusste zu diesem Zeitpunkt noch nicht, wie ich das verstehen sollte.

Seine Anzüge waren selbstverständlich aus englischem Tuch und maßgeschneidert. Auch die Hemden waren Maßanfertigung. Zu jedem Hemd ließ er drei passende Taschentücher liefern. Mein Staunen muss ihn amüsiert haben, denn auch diesmal machte er sich die Mühe oder den Spaß, eine genaue Erklärung zu liefern. Taschentuch Nummer eins steckte – exakt diagonal gefaltet – deutlich sichtbar in der dafür vorgesehenen oberen Sakkotasche. Ich kannte dafür die Bezeichnung Poussiertuch und hatte solches bisher für „affig" gehalten. Nummer zwei war zur üblichen Benutzung gedacht und gehörte in die rechte Hosentasche. Nummer drei wurde in der linken inneren Brusttasche untergebracht, sozusagen über dem Herzen. Es war dafür vorgesehen, Damen aus irgendwelchen nicht näher beschriebenen Verlegenheiten zu helfen, wenn sich Gelegenheit dazu ergab. Im

Laufe der Zeit begriff ich, dass mein Chef keinen Mangel an solchen Gelegenheiten hatte.

Dr. C. war kein schöner Mann, aber seine Hände, die waren ein Traum. Jeden Montag kam eine wohlriechende Dame mittleren Alters, um seine Fingernägel zu maniküren. Das geschah während des Diktats, wodurch ich Gelegenheit hatte, sowohl die verführerischen Reize der Kosmetikerin als auch die einzelnen Arbeitsgänge vom Palmolivseifentauchbad bis zum letzten Feilenschliff zu beobachten. Lackiert wurde nicht, aber eine Politur mit rosa Wachs musste schon sein. Wenn ich da an meinen Vater dachte! Der kam bei der Nagelpflege ohne weiteres mit Mutters Handarbeitsschere und seinem Taschenmesser aus.

Als Syndikus einer bekannten Karlsruher Kosmetikfirma bekam Dr. C. einen Teil seines Honorars allmonatlich in Form von Herrenkosmetikartikeln ausbezahlt, von denen er, wie man sehen und riechen konnte, großzügigen Gebrauch machte. Gelegentlich mokierte er sich darüber, dass er wegen dieser „Schmiererei" jedes Mal mindestens eine halbe Stunde eher aufstehen müsse.

Vom ersten Arbeitstag an war ich beeindruckt von der ausgesuchten Höflichkeit, mit der mein Chef allen Damen begegnete, wobei für ihn wirklich alle erwachsenen Frauen Damen waren. Unsere Büroräume wurden von einer nicht mehr jungen Frau geputzt, die verwachsen und durch einen Buckel verunstaltet war. Es kam vor, dass unser Chef morgens die Diele betrat, während sie im Begriff war, zu gehen. Mit der größten Selbstverständlichkeit half er ihr jedes Mal in den Mantel. Das war eine von den unbeabsichtigten Lektionen, die er mir erteilte, und ich war fasziniert.

Als Anwalt hatte Dr. C. von Anfang an glänzende Erfolge. Während seines Diktates habe ich mehr vom Umgang mit der deutschen Sprache gelernt, als bei all meinen Lehrern und Lehrerinnen zusammen. Straftätern, die er zu verteidigen hatte, begegnete er mit einem Höchstmaß an Verständnis und Engagement. Nie ging er ohne Zigaretten ins Gefängnis. Er selbst war Zigarrenraucher. Es war ihm auch ganz egal, ob sein Mandant Akademiker oder Hilfsarbeiter war. Das machte für ihn keinen Unterschied. Nur mit Homosexuellen, die ja in den Nachkriegsjahren noch strafrechtlich verfolgt wurden, hatte er seine Probleme. Denen gab er nie die Hand. Es ekelte ihn, den großen Weiberhelden, sichtlich vor dieser ihm unverständlichen Sorte Mann. Das wollte nicht zu dem Bild passen, das ich mir von ihm machte. Viel besser gefiel mir seine Weigerung, unfreiwillige Väter zu vertreten, wenn sie vor Gericht ihre Vaterschaft bestreiten wollten. Dazu gab er sich grundsätzlich nicht her.

Seine Auftritte als Strafverteidiger vor dem Schöffengericht waren bald berühmt. Den Zuschauerandrang genoss er sichtlich. Der Fall eines wegen Mordes angeklagten ehemaligen ungarischen Zwangsarbeiters lag ihm besonders am Herzen. Da war die große Liebe im Spiel, und das war sein Thema. Tagelang mussten wir die ganze dicke Ermittlungsakte abtippen – Fotokopierer gab es noch nicht –, viele Gesprächstermine im Gefängnis waren nötig. Das Plädoyer wurde ein Meisterwerk der Rhetorik. Mit großem Gefühlsaufwand schilderte unser Chef, wie der junge (blutjunge!) Ungar nach Deutschland verschleppt und halb verhungert in das Haus der Wäschereibesitzerin X gebracht worden sei. Deren Ehemann war Monate vorher zum Kriegsdienst eingezogen worden, und die Wäscherei brauchte dringend eine männliche Arbeitskraft.

Man schrieb das Jahr 1943. Die Feldpostbriefe des Ehemannes kamen anfangs regelmäßig, dann immer seltener, schließlich blieben sie ganz aus. Im Frühjahr 1944 kam die Nachricht, der Gefreite X sei an der russischen Front vermisst. Es kam, wie es kommen musste. Frau X stand in der

Blüte ihrer Jahre, der Ungar war schön wie ein junger Gott, und die Beiden entbrannten in Liebe zueinander.

Das hätte alles so weitergehen können mit der Wäscherei und der Liebe, wenn nicht an einem trüben Novembertag des Jahres 1947 der totgeglaubte Ehemann vor der Tür gestanden hätte. Es dauerte ein paar Monate, die man sich gar nicht ausmalen mag, da erschlug der Ungar im Streit seinen Konkurrenten und Peiniger mit dem zum Waschkessel gehörenden überdimensionalen Schürhaken.

Die für das Strafmaß entscheidende Frage war, ob es sich um Notwehr, Tötung im Affekt oder geplanten Mord handelte. Dr. C. stürzte sich in die Verteidigung, als ginge es um sein eigenes Leben. Der relativ gnädige Urteilsspruch lautete: „Tötung im Affekt". In den Badischen Neuesten Nachrichten war tags darauf folgender Kommentar zu lesen: „Warum weint der Staatsanwalt nicht? Warum fängt nicht in der Ferne eine Pusztageige zu schluchzen an?" Wir waren alle mächtig stolz auf unseren Boss. Und der war nach solchen Auftritten total durchgeschwitzt und sichtlich erschöpft.

Im Keller seiner am Fuße des Durlacher Turmberges gelegenen Villa hatte das Ehepaar C. während des ganzen Krieges zwei jüdische Jugendliche, Kinder von Freunden, versteckt. Aus dieser Vorgeschichte ergab es sich, dass ihn in den Nachkriegsjahren immer wieder jüdische Emigranten mit der Wahrung ihrer Vermögensrechte beauftragten. Das erforderte schwierige Nachforschungen und regelmäßige Reisen nach Frankfurt zum Alliierten Kontrollrat.

Für uns im Büro – es gab eine Bürovorsteherin und zwei weitere Kolleginnen – waren diese Reisetage immer ein Geschenk des Himmels. Frau C., die wir alle verehrten, schickte jedes Mal eine ihrer drei Töchter mit einem Kuchen und einem Tütchen Bohnenkaffee zu uns. Wir sollten uns einen schönen Nachmittag machen, ließ sie uns sagen, und das taten wir gern. Napfkuchen, der mit richtigen Eiern und frischer Butter gebacken war, und Kaffee aus echten Bohnen waren damals Raritäten.

Ein altes jüdisches Ehepaar, dessen Interessen unser Chef mit viel Zeitaufwand und großem Erfolg vertreten hatte, reiste heimlich nach Amerika zurück, ohne das vereinbarte Erfolgshonorar von tausend DM, das waren fünf Monatsgehälter einer gut verdienenden Bürokraft, zu bezahlen. Dr. C. reagierte ungewohnt heftig. Solche Menschen begriff er nicht.

In regelmäßigen Abständen meldete sich ein Studienfreund des Chefs, der ebenfalls Anwalt und in Karlsruhe niedergelassen war. Dieser Kollege war seit langem Morphinist und lebte mehr schlecht als recht von den Pflichtverteidigungen, die er turnusmäßig zugeteilt bekam. Aufgrund seiner gesundheitlichen Verfassung war er außerstande, diese Aufgaben auch nur einigermaßen zu erfüllen. Jedes Mal sprang sein Freund Dr. C. für ihn ein und tat das Erforderliche vom Gefängnisbesuch bis zum Plädoyer. Darüber verlor er nie ein Wort, und es dauerte lange, bis ich begriff, warum für diese Fälle nie eine Rechnung geschrieben wurde.

Nach kurzer Einarbeitung war mir der Empfang der Mandanten und Mandantinnen übertragen worden. Es blieb mir nicht verborgen, dass mein Chef äußerst empfänglich für weibliche Reize war. Mit der Zeit entwickelten wir für die Ankündigung von erstmals vorsprechenden Damen folgenden immer gleichen Dialog: Ich: „Frau N.N. in einer Scheidungssache!" – oder Erbschaftsangelegenheit oder sonst was. Er: „Wie isch se?" (Unter uns sprach der Chef gern Dialekt). Ich wahlweise: „Sie gefällt ihnen!" oder „Sie gefällt mir!" oder „Sie ist indiskutabel!" Meine Einschätzung war fast ausnahmslos zutreffend. Und oft entwickelte sich aus dem „Sie gefällt Ihnen!" ein in der Regel zwei bis drei Monate dauerndes stürmisches Liebesabenteuer.

Da stand ich nun mit meiner streng katholischen Moralauffassung (ich war eingetragenes und überzeugtes Mitglied der Marianischen Jungfrauenkongregation) und verstand meinen bewunderten Chef und die Welt nicht mehr. Meine Missbilligung entging ihm nicht, und er hielt es für angemessen, mir, seiner kleinen Angestellten, eine Art Rechtfertigung anzubieten:

„Meine Frau ist, wie sie wissen, ein ganzes Stück älter als ich, wir haben vier Kinder und führen eine intakte Ehe. Von den Genüssen der Liebe hält sie nichts mehr, und mir lässt sie auf diesem Gebiet meine Freiheit. Ich würde übrigens meine Grete nie verlassen!" Ganz verstand ich das immer noch nicht, aber was versteht man schon, wenn man grade zwanzig ist?

Immer dann, wenn Briefe an die jeweilige Favoritin mit der Grußformel: bin ich mit ergebenem Handkuss immer Ihr... endete, wusste ich, dass in absehbarer Zeit Abende und Nächte in Baden-Baden zu arrangieren waren. Wenn die Dame des Herzens von auswärts anreiste, musste der Chauffeur, den er sich schon kurz nach der Währungsreform leistete, und mit dem ich einen regen Informationsaustausch pflegte, sie am Bahnhof abholen, wobei jedes Mal ein Strauß dunkelroter Rosen auf der Rückbank lag. Dass die Damen äußerst großzügig bewirtet und beschenkt wurden, war ein offenes Geheimnis. Mein Bild von der Welt der Vornehmen und Reichen erhielt neue, schillernde Farben.

Im Frühjahr 1949 kreuzte in unserer Kanzlei ein Traum von einer Dame auf. Meine Ankündigung lautete entgegen aller Regel: „Sie gefällt uns beiden!" Im stillen beschloss ich: „Die kriegt er nie!" Die Baronin von S. war ein Ausbund an Schönheit, Vornehmheit und Eleganz. Sie trug eine echte

Nerzjacke (zur damaligen Zeit ein unerhörter Luxus). Ohne Hut und Glacéhandschuhe erschien sie nie. Die italienischen Schuhe und die makellosen Nylons, alles war perfekt. Und dieses zarte, edel geschnittene Gesicht! Nein, die würde er wirklich nicht kriegen! Und ob er sie kriegte!

Die Baronin vertrat ihren Ehemann, der kurz nach Kriegsende mit mehreren Gesellschaftern ein christliches Wochenblatt gegründet hatte. Man hatte nach der Zeit der Unterdrückung hohe, hehre Ziele, und der Baron fungierte als Chefredakteur. Nach der Währungsreform ging das Blatt ein, und die Teilhaber machten ihren Chefredakteur für große finanzielle Verluste verantwortlich. Dr. C. strebte mit erheblichem Aufwand an Korrespondenz und Gesellschafterversammlungen einen für den Baron vorteilhaften Vergleich an. Gleichzeitig zog er alle Register, um das Herz der Baronin zu erobern. Noch nie vorher war Freddy, unser Fahrer, so oft zum Hauptbahnhof und abends nach Baden-Baden gefahren, wie während der acht Wochen dauernden Vergleichsverhandlungen. Es sah diesmal alles nach der ganz großen Liebe aus.

Nach der Unterzeichnung der abschließenden Verträge ging die Rechnung über das vereinbarte Erfolgshonorar von DM 2000.- an den Baron. Die Summe entsprach zehn Monatsgehältern meiner Tarifgruppe. Diesmal kam der Antwortbrief vom Baron persönlich. Nach ein paar Dankesfloskeln für die vorbildliche und erfolgreiche Verhandlungsführung stand da zu lesen: „Wegen der Begleichung Ihrer Honorarforderung wollen Sie sich bitte mit meiner Frau, mit der Sie ja vertrauten Umgang pflegen, ins Benehmen setzen...", Ausrufezeichen, vorzügliche Hochachtung, aristokratisch verschnörkelte Unterschrift und Ende.

Dr. C., der große Frauenheld, bekam einen ausgewachsenen Wutanfall, rannte in seinem Arbeitszimmer hin und her, schrie seinen Zorn heraus, gestaltete den Nachnamen des adeligen Paares gekonnt zum Schimpfwort um. Keinen deftigen badischen Kraftausdruck ließ er aus, und er hatte sie alle parat. Das ihm! Es war fast nicht mit anzusehen, wie er litt. Auch bei dieser Schlappe war es nicht der finanzielle Verlust, der ihn direkt ins Herz traf. Sogar unser sonst so schnoddriger Freddy war enttäuscht. Solch eine Gemeinheit hatte sein Boss nicht verdient! Was diese blaublütigen Affen sich überhaupt einbildeten!

Im Chefzimmer stand eine nickelglänzende Kaffeemaschine. Sie sah ungefähr so aus, wie ich mir einen Samowar vorgestellt hatte. Gesehen hatte ich bis dahin beides noch nicht. Es gehörte zu meinen Aufgaben, nach der Mittagspause mit Hilfe dieses Gerätes (ich meine mich erinnern zu können, dass es mit Spiritus betrieben wurde) einen starken Kaffee für meinen Chef zu brauen. Es gehörte bald auch zu meinen Pflichten, die erste Tasse Kaffee mit Sahne und Zucker zu versehen und das Gebräu anzutrinken. Dr. C. trank dann mit Genuss an der gleichen Stelle weiter. Eine Zeitlang murmelte er nach Ablauf dieser Zeremonie regelmäßig: „Bleibe se doo." Also blieb ich mit deutlich gelangweilter Miene auf meiner Seite des Schreibtisches stehen. Nach kurzer Zeit maulte er ohne mich anzusehen: „Dann gehn se!" Ich habe nie erfahren, in welcher Art er sich mein Dableiben vorgestellt hatte. In dieser Hinsicht hatte ich keinerlei Ambitionen, und das respektierte er. Die schöne Sitte des Antrinkens wurde bis zum letzten Arbeitstag beibehalten. Sie schien mir ungefährlich, und – das gebe ich zu – sie schmeichelte meiner Eitelkeit.

Dass mein Chef am liebsten mir diktierte, schmeichelte mir zwar auch, aber ich geriet durch die endlosen Diktate immer mehr unter Zeitdruck, musste regelmäßig Überstunden machen. Nachdem die anfängliche Neugier gestillt war, konnte ich den Umgang mit jeder Art von menschlicher Gemeinheit, Verbrechen und Perversion nicht mehr ertragen. Es ging mir nicht gut. Ich konnte auch in meiner knappen Freizeit nicht mehr abschalten, bekam dunkle Zweifel an meinen schönen Idealen und war nahe daran, das Lachen zu verlernen.

Im April 1949 war eine schwierige Zahnbehandlung bei mir fällig. Der Zahnarzt, der mich seit Jahren kannte, redete mir ins Gewissen, ich sei ja nur noch ein Nervenbündel, und jung sei ich bald auch die längste Zeit gewesen, wenn ich so weitermachte. „Wenn du bei dem C. bleibst, brauchst du zu mir nicht mehr zu kommen!" wetterte er. Das begriff ich. Ähnliche Bedenken meiner Eltern hatte ich bis dahin in den Wind geschlagen. Jetzt fiel es mir wie Schuppen von den Augen. Aus mit dem Ehrgeiz, aus mit der Bewunderung für meinen Chef, aus mit dem Spitzengehalt! Ich kündigte zum 30.5.1949 und ließ nicht mehr mit mir reden. Trotz seiner Enttäuschung stellte mir Dr. C. ein glänzendes Zeugnis aus und gab mir seine guten Wünsche mit.

Jahre später – ich war schon verheiratet – erfuhr ich, dass Dr. C. in seinem vierundfünfzigsten Lebensjahr einem Schlaganfall erlegen war. Er bekam seitenweise Nachrufe. Von mir bekommt er seinen ganz persönlichen Nachruf mit fünfzig Jahren Verspätung, aber besonders ausführlich. Und ehrlich!

Wenn ich ihm in meiner nächsten Daseinsform noch einmal begegnen dürfte, würde ich ihn umarmen. Und ihm seinen Kaffee oder Nektar oder was es sonst dort gibt, antrinken.

Juni 1949 bis Oktober 1953

Meinen Chef Nr. 5 verordnete mir das Arbeitsamt. Dort saß an der für mich zuständigen Stelle Herma H. Sie war während der Handelsschulzeit meine Klassenkameradin gewesen. Zwei Jahre lang hatte ich ihr vorgesagt (abschreiben ging nicht, weil sie vor und nicht neben mir saß). Sie hatte mich oft, wenn schwierige Arbeiten geschrieben wurden, durch ihre ständige Fragerei in die größte Verlegenheit gebracht. Jetzt war es an ihr, etwas für mich zu tun. Und sie tat! Die Badische landwirtschaftliche Zentralgenossenschaft suchte eine Sachbearbeiterin für ihre Kreditabteilung. Mit Zahlungs- und Vollstreckungsbefehlen kannte ich mich aus, selbständig korrespondieren war mir ein leichtes, also war das mein Job.

Mein neuer Vorgesetzter, der Chef der Buchhaltung, war das genaue Gegenteil von Dr. C. Klein war er, untersetzte Figur, Kugelkopf mit veritabler Glatze. Hinter den dicken Brillengläsern funkelten Frettchenaugen, klein, wässrig, blau, listig, immer auf der Lauer. Dieser Blick hätte mich warnen müssen. Aber ich war heilfroh, eine Anstellung mit den Aufgaben einer Sachbearbeiterin zu bekommen, und sagte zu.

Als Herr L. mir am 1. Juni 1949 meinen Arbeitsvertrag überreichte, traute ich meinen Augen nicht. Da stand nicht wie vereinbart „Kreditsachbearbeiterin", sondern klar und deutlich „Stenotypistin". Herr L. hatte sich nicht an unsere Absprache gehalten. Ich hätte den Vertrag zurückweisen und riskieren müssen, ein paar Monate arbeitslos zu sein. Dazu fehlte mir die Courage. Gegen diesen hinterhältigen Menschen hatte ich von Anfang an keine Chance.

Die Kreditabteilung bestand aus zwei Herren um die Vierzig und mir. Die beiden Kollegen hatten für ihre Korrespondenz Anspruch auf eine Schreibkraft, ich durfte meine Briefe selbst tippen, wobei mir grundsätzlich der schwierigste Teil unseres Aufgabengebietes zugeschanzt wurde. Schließlich kam ich ja frisch aus dem Anwaltsbüro. Dass die Herren deutlich besser bezahlt wurden als ich, verstand sich von selbst.

Mit der Zeit wurde mir klar, dass mein neuer Chef ein gestörtes Verhältnis zu jungen Mädchen und Frauen hatte, und irgendwann erfuhr ich auch die Ursache: Herr L. hatte zwei Töchter in meinem Alter, mit denen er, wie fast alle Väter, große Pläne gehabt hatte. Kurz nach der Besetzung Karlsruhes durch die Amerikaner verliebte sich die ältere der Töchter in einen Offizier der Besatzungsmacht und heiratete ihn gegen den Willen ihrer Eltern. Es dauerte nicht lange, und sie folgte ihrem Mann nach Amerika. Das war für deutsche Eltern im Jahr 1946 schwer zu akzeptieren. Es gab für sie keine Telefonverbindung zu ihrer Tochter und vorerst keine Möglichkeit, sie per Schiff oder Flugzeug zu besuchen.

Aber es kam noch schlimmer: Als auch die zweite Tochter ihr Herz an einen jungen Amerikaner verlor, sprach der Vater ein energisches Nein zu dieser Verbindung. Das half ihm nichts. Das Töchterlein erzählte zu Hause etwas von einer Gelegenheit, seine Schwester im fernen Detroit zu besuchen. Dagegen gab es nichts einzuwenden, und es kam, wie es kommen musste. Auch die jüngste Tochter des Herrn L. blieb im Land der unbegrenzten Möglichkeiten und heiratete ihren Jim. Das muss den betrogenen Vater beinahe um den Verstand gebracht haben.

All seine Wut und Enttäuschung ließ Herr L. an den jungen weiblichen Angestellten seiner Abteilung aus. Dabei war ihm jedes Mittel recht. Er versuchte, jeden und jede auszuhorchen und fand auch seine Zuträger. Wenn er in Erfahrung brachte, dass ein paar Kolleginnen sich gut verstanden, wurden sie sofort in andere Büroräume versetzt und so getrennt. Angestellte, die Streit miteinander hatten, durften sich gegenübersitzen, und das für immer. Diese miese Methode wendete er gern auch bei den Herren an.

Wenn erboste Schuldner angereist kamen, um sich bei ihm über meine Beitreibungsmaßnahmen zu beschweren, kanzelte er mich vor seinen Besuchern – Winzer oder Bauern oder Gutsbesitzer aus dem Einzugsgebiet der BLZ – in scharfem Ton ab. Kaum hatten sich die solcherart Besänftigten auf die Heimreise begeben, gab er mir Order, ohne Rücksicht auf Verluste die anstehende Klage oder Pfändung einzuleiten. Vielleicht war ich einfach zu jung, um mit dieser Situation aufzuräumen. Schließlich half ich mir damit, diesen Mini-Despoten in seinem ewigen mausgrauen Anzug und dem offensichtlich zu eng sitzenden Nyltesthemd mit der kleingemusterten Krawatte heimlich zu verachten.

Natürlich machten wir, die Schikanierten, uns über unseren „Giftzwerg" lustig, entwickelten unsere eigenen Strategien gegen seine Finten und hatten unseren Spaß dabei.

Das Arbeitstempo in der ganzen Genossenschaftszentrale war ausgesprochen verhalten. Es gab dazu den kurzen, treffenden Spruch: „Morgens ist es ruhig, und nachmittags lässt die Arbeit nach!" Daran konnte selbst Herr L. mit seinen krampfhaften Bemühungen nicht viel ändern. Auch in seiner Abteilung lief es wie im real existierenden Sozialismus. In Gegenwart der Obrigkeit wurde Arbeitseifer gemimt, ansonsten schonten sich alle Untergebenen so gut es ging. Für mich war das eine ganz neue, angenehm nervenschonende Gangart.

Eine Woche nach meinem Dienstantritt eröffneten mir meine beiden Kollegen, dass sie zwar grundsätzlich nichts dagegen hätten, mit einem jungen Mädchen zusammen zu arbeiten, aber dass ich nicht Skat spielen könne, das sei ein herber Schlag. Also lernte ich Skat spielen, damit die Nachmittage sinnvoll gestaltet werden konnten. Die Schreibtische der beiden Skatbrüder standen einander gegenüber, meiner war seitlich an die Wand gerückt. Es wurde auf der Trennlinie der beiden Tischplatten ein leerer Aktendeckel aufgeschlagen. Ich stand mit dem Rücken zur Tür an der Stirnseite der beiden Schreibtische. Wenn hinter mir jemand den Raum betrat, hatte ich den Aktendeckel mit den gerade ausgespielten Karten zuzuklappen und mit dem Kommentar: „Gut, das rechne ich noch mal durch!" oder etwas ähnlich dienstlich klingendem meinen Platz aufzusuchen, wobei ich das Corpus delicti mitzunehmen hatte. Die Karten der Kollegen verschwanden blitzschnell in deren Schubladen. Ich habe zwar meine Mitspieler wegen meiner stümperhaften Spielweise oft zur Verzweiflung gebracht, aber aufgefallen sind wir kein einziges Mal.

Unsere Genossenschaftszentrale hatte Zugriff zu wunderbaren Kaiserstühler Weinen, und das zum Erzeugerpreis. Der Betriebsratsvorsitzende hielt stets einen ansehnlichen Vorrat bereit. Das gleiche galt für edle Schwarzwälder Obstbrände. Jeder Geburtstag, jede Hochzeit oder Kindtaufe wurde nach Feierabend ausführlich begossen, und es gab auch sonst sehr oft einen Anlass zum Feiern. Ich habe nie erfahren, was die Ehefrauen dazu sagten, wenn ihre schwer arbeitenden Ehemänner in regelmäßigen Abständen zwar erheblich verspätet, dafür aber ausgesprochen beschwingt bis angesäuselt nach Hause kamen. Vorstellen konnte ich es mir schon.

Wohl war mir bei diesem permanenten Schonprogramm nicht, und ich hätte mir längst eine andere, in jeder Hinsicht ehrlichere Arbeit suchen müssen. Aber ich blieb an meiner Arbeitsstelle hängen wie an einer schlechten Gewohnheit. Im Sommer 1951 verlor der Beruf für meine Lebensplanung entschieden an Bedeutung. Herr L. konnte mich mal! Ich schmiedete jetzt mit der Liebe meines Lebens Heiratspläne, und bis zum vorgesehenen Termin, dem Herbst 1953, würde ich durchhalten. Schließlich brauchte ich jede Mark für meine Aussteuer. Auch Bettwäsche und Herde gab es übrigens bei der Badisch landwirtschaftlichen Zentralgenossenschaft zu Großhandelspreisen. Wenn das kein Grund zum Bleiben war!

Kurz vor meiner Hochzeit im Oktober 1953 eröffnete mir Herr L., er habe fest damit gerechnet, dieser Preuße würde mich sitzen lassen. Seine Glückwünsche fielen entsprechend säuerlich aus.

1975 - 1984

Nach 22 Jahren Hausfrauendasein ergab sich die Notwendigkeit, unser Familieneinkommen auf eine breitere Basis zu stellen. Ich bewarb mich um den Posten einer Schulsekretärin bei einem der örtlichen Gymnasien. Es handelte sich um die „Anstalt", die ich seit zehn Jahren als Schülermutter kannte. Der Schulleiter, ein promovierter Mathematiker, war mir von meinen Söhnen immer als streng und unnahbar geschildert worden. Diese Einschätzung bestätigte sich ohne jeden Abstrich. Dr. S. war ein großer, schlanker Herr Mitte fünfzig, Typ preußischer Offizier, stets korrekt gekleidet, immer pünktlich, nie freundlich. Lange Zeit musste ich mich sehr zusammennehmen, um in seiner Gegenwart nicht unsicher zu werden. Lockere oder gar private Gespräche mit ihm waren undenkbar.

Die Situation im Lehrerzimmer war ähnlich. Der „Lehrkörper" respektierte in ihm den geschliffen argumentierenden Intellektuellen und perfekten Schulleiter. Wer sein Missfallen erregte, musste mit einem zynischen Kommentar rechnen. Die wenigen Frauen im Kollegium waren ihm ein Dorn im Auge. Er mochte sie nicht, und das ließ er sie spüren.

Wenn ein Lehrer oder eine Lehrerin von Eltern oder Schülern angegriffen wurde, stellte er sich entschieden vor den oder die Beschuldigte.

Seine Anweisungen an uns Sekretärinnen waren präzise, die Diktate professionell. Bei ganz seltenen Gelegenheiten ließ er sich dazu herbei, seiner Anerkennung für meine Leistungen Ausdruck zu verleihen. Kritisiert oder getadelt hat er mich nie. Aus seinem ganzen Gehabe ließ sich entnehmen, dass Sekretärinnen für ihn Menschen zweiter Klasse waren.

In der Woche vor den ersten Weihnachtsferien meiner Dienstzeit stellte ich nach gutem badischem Brauch auch meinem Chef ein Schälchen mit selbstgebackenen Plätzchen auf den Schreibtisch. Er bedankte sich nicht. Am letzten Schultag nahm er seinen Nachhauseweg durch das Sekretariat, wünschte im Vorbeigehen gute Feiertage und bemerkte zwischen Tür und Angel: „Ihre Geschenke stehen im Bücherschrank rechts, da können sie sich bedienen!" Weil ich meinen Arbeitsplatz bzw. das Gehalt brauchte, tat ich brav und ohne Murren, wie der Herr befohlen hatte. Je eine Flasche Markensekt und eine Schachtel Pralinen stand für meine Kollegin und mich bereit. Die Pralinen habe ich zu Hause sofort verschenkt. Sie wären mir im Hals steckengeblieben. Als die Weihnachtsferien vorbei waren, standen meine wunderbaren Plätzchen immer noch da, wo ich sie hingestellt hatte. Ich habe sie kommentarlos in den Papierkorb gekippt.

Den Vorsatz, im nächsten Jahr die Weihnachtsgeschenke im Schrank stehen zu lassen, konnte ich nicht ausführen. Dr. S. ließ sich gnädig dazu herab, uns Sekt und Pralinen persönlich zu überreichen.

Als einer meiner Söhne beim Schulkonzert mitwirkte, nahm mein Chef das zum Anlass, mich zu fragen, wie viele Kinder ich eigentlich hätte. Das war zwei Jahre nach meiner Anstellung.

Ein wesentlicher Charakterzug des Dr. S. war seine kaum zu überbietende Sparsamkeit. In dieser Hinsicht entwickelte er einen erstaunlichen Einfallsreichtum. Es war nicht zu übersehen, dass er den Pfennig ehrte. Täglich nach der großen Pause goss er sich eigenhändig einen Becher Kräutertee auf. Das dazu erforderliche Instant-Granulat ließ er sich von mir aus der Drogerie besorgen. Die Dose Sieben-Kräutertee der Schweizer Firma Ricola kostete drei Mark und achtundsechzig Pfennige. Die zwei Pfennige Restgeld ließ er sich jedes Mal von mir zurückgeben ohne mit der Wimper zu zucken. Etwa nach der zehnten Lieferung regte sich bei mir deutlicher Widerstand. Fortan behielt ich die zwei Pfennige. Der so Geschädigte zeigte keinerlei Reaktion. Überhaupt war er ein Meister im Verbergen von Gefühlsregungen, wenn er denn welche hatte.

Zum Schuljahresende 1984 ließ Dr. S. sich pensionieren. Als Abschiedsgeschenk bekam ich weder Sekt, noch Pralinen, sondern zwei Bücher. Antike griechische Weisheiten und Anekdoten der Weltliteratur würden zu mir passen, bemerkte er. Das war aus seinem Munde ein erstaunliches Kompliment. Von der Stunde seiner Verabschiedung an war unser bis dahin so distanzierter Chef die Herzlichkeit in Person. Den Nimbus der Unnahbarkeit, den er sich als Schulleiter wie einen Schutzmantel umgelegt hatte, brauchte er jetzt nicht mehr.

Wenn ich Dr. S. gelegentlich bei Schulfeiern treffe, erlebe ich ihn als charmanten, liebenswürdigen älteren Herrn.

1984 - 1988

Mein siebter und letzter Chef war ein übergroßer Mensch mit einem übergroßen Ehrgeiz. Bei der Feier zu seiner Amtseinführung legte mir seine sympathische Frau ans Herz, ich solle ihren Mann bremsen, wo es nur möglich sei. Aber es war nicht möglich. Es folgten äußerst schwierige Zeiten für mich, für den Stellvertreter des Schulleiters und gewiss auch für unseren neuen Chef.

Etwa zwei Jahre nach seinem Amtsantritt erkrankte Dr. E. an Hautkrebs. Wiederholt wurden längere Klinikaufenthalte erforderlich.

Im Sommer 1988 verabschiedete er mich mit einer überschwänglichen Lobrede in den aus Gesundheitsgründen vorgezogenen Ruhestand.

1991 wurde Dr. E. zum Leitenden Regierungsschuldirektor befördert und zum Schulkollegium nach Arnsberg versetzt.

1994 verstarb er, gerade achtundvierzig Jahre alt, an seinem Krebsleiden.

Nachlese

Herbstzeit – Erntezeit. Zeit der Nachlese in der Natur und im Leben. Wir wollen noch einmal dahin fahren, wo vor fünfundvierzig Jahren alles begann. Es waren die Jahre der französischen Gefangenschaft mit ihren Entbehrungen und leidvollen Erfahrungen, die damals für die beiden Freunde Bruno und Sepp ihren Anfang nahmen.

24.9. Unsere Route durch die Pfalz und das Saargebiet führt uns bei wolkenverhangenem Himmel durch üppige frühherbstliche Landschaften. Frankreich empfängt uns mit einem makellosen Regenbogen. Bei mir weckt er romantische Gefühle.

Unser erstes Ziel ist Mouaville, ein kleines Dorf 50 Kilometer westlich von Metz. Auf einer schmalen Nebenstraße nähern wir uns dem Ort. Ein heftiger Wind jagt schwere Wolken über den Himmel. Das ist die Landschaft, die wir vom „Bild mit dem Hoffnungsschimmer" kennen. Das Dorf wirkt wie ausgestorben. Das Häuschen, in dem die „Prisoniers" damals untergebracht waren, ist bald gefunden.

Ein freundlicher Bauer erklärt uns den Weg zur Käserei, in der Bruno gearbeitet hat. Hier wie im Dorf ein Bild des Verfalls. In einem der noch erhaltenen Gebäude wohnt Aldo Ferro, ein Verwandter des damaligen „Patrons", mit seiner Frau. Mit einem verblüfften „Oh, Brüno", begrüßt er die unerwarteten Besucher. In der Küche der Ferros großes Erzählen und Sich-Erinnern.

Die Gastfreundschaft ist rustikal und sehr herzlich. Familienbilder machen die Runde. Adressen werden ausgetauscht. Ein Hauch von Völkerverständigung weht durch den Raum. Als Abschiedsgeschenk bekommen wir eine Flasche selbstgebrannten Mirabellen-Geist. Wir fahren an Metz vorbei.

Für die geplante Besichtigung haben wir weder Zeit noch Neigung.

In Nancy gestaltet sich die Suche nach der Einfahrt zum Hotel Albert I. zur unfreiwilligen viermaligen Stadtrundfahrt. Die Zimmer sind in Ordnung, aber das schmale Doppelbett können wir uns nicht antun. So weit geht unsere Sympathie für die französische Lebensart nicht. (Wie halten die Franzosen das aus, wenn sie dick oder alt oder beides sind?) Der abendliche Gang über den Place Stanislas entschädigt uns für die bei der Hotelsuche erlittenen Strapazen. Die regenglänzenden Brunnen und Tore wirken noch prächtiger als bei Tageslicht.

25.9. Strahlender Sonnenschein. Wir fahren über Toul nach Pierre la Treiche. Im Chateau de la Rochotte, dem früheren Sommersitz der Bischöfe von Toul, haben die Freunde gelebt, gehungert, gehofft, Pläne geschmiedet und vor allem schwer gearbeitet. Monsieur Grasmuck, der Besitzer, betrieb Forellenzucht und Kressekultur. Hier sind wir am eigentlichen Ziel unserer Reise, der mittelalterlichen Kapelle. Die hat der damals sechsundzwanzigjährige Bruno ausgemalt. Die Malerei ist gut erhalten, der Künstler sichtlich bewegt. Wir Anderen sind es auch.

Im Dorf besuchen wir die Kirche. Sie wird renoviert. Einer der Arbeiter schenkt uns das Bruchstück eines schön behauenen Steins aus einer der Säulen. Auch hier viel freundliches Interesse. In der einfachen Bar serviert man Thunfisch auf Tomaten, grüne Bohnen, Fleisch, Kartoffeln, Pudding und Käse. Wir fühlen uns sehr gut.

Am Nachmittag Begegnung mit dem jüngsten Sohn des damaligen Besitzers. Gerald Grasmuck betreibt noch immer die Forellenzucht. Der Betrieb hat sich sehr vergrößert, aber die Geschäfte scheinen schlecht zu gehen. Auch bei dem jungen Herrn (mein Bruder Sepp hat ihn als Säugling in Erinnerung) viel offenes Entgegenkommen.

Die Landschaft an der Mosel ist so reizvoll, wie ich sie von den alten Aquarellen her zu kennen meine. Rückfahrt über Toul. An der großartigen Kathedrale sind seit unserem ersten Besuch im Jahr 1959 aufwändige Renovierungsarbeiten durchgeführt worden. Schöner Kreuzgang.

Der Abend bei Flammkuchen und Rotwein in der Brasserie Stanislas ist eine Wohltat für Gemüt und Magen. Lebhafte Gespräche mit den Tischnachbarn. Abschied mit Umarmungen und Küsschen. Französisch-deutsche Sympathien scheinen zur wichtigsten und schönsten Erfahrung dieser Reise zu werden.

26.9. Erkältung, Fieber, Bettruhe, Aspirin, Kaschmirschal. Letzterer bleibt im Hotelzimmer zurück, der Infekt auch. Die Anderen besichtigen an meinem Fiebertag Metz und sind beeindruckt von der Kathedrale und den Chagall-Fenstern. Die geschichtsträchtige Stadt war eine Besichtigung wert. Abends wieder Brasserie Stanislas.

27.9. Fahrt zum Soldatenfriedhof Andilly. 33.000 deutsche Gefallene aus dem Zweiten Weltkrieg wurden hierher umgebettet. Die Gräber der gefallenen Kameraden sind nicht aufzufinden. Gespräche über den Wahnsinn des Krieges und den Sinn des Heldengedenkens. Am Nachmittag der vereinbarte nochmalige Besuch im Chateau.

Die neue Besitzerin, die übrigens den polnischen Familiennamen Doczekalski trägt, hat Mama und Grandmama zu Besuch. Die beiden Damen möchten die deutschen Besucher kennen lernen.

Die Ritterrüstung in der Eingangshalle des Chateau trägt heute einen stilvollen weinroten Lendenschurz aus Samt mit Goldkante. Eine Referenz an die sittenstrengen alten Damen? Kaminfeuer, Kaffee aus schwerer Silberkanne, winzige Tässchen, die man auf den Knien balanciert, feines Gebäck. Alles sehr vornehm. Die Damenrunde ist brennend interessiert am Geschick der damaligen Gefangenen.

Grandmama hieß früher Erna Schmidt und ist in Heilbronn aufgewachsen. Sie hat im Krieg mit beiden Seiten gelitten. Man ist sich einig: Es darf nie wieder Krieg geben! Sorgen und Ängste wegen der Golfkrise klingen an, die alte Dame zitiert Nostradamus. Austausch von Adressen. Der Künstler verteilt die erbetenen Autogramme. Herzlicher Abschied.

Gegen Abend Fahrt nach Epinal. Das Hotel Climat finden wir in Chavelot, sechs Kilometer vor der Stadt. Gepflegtes Unternehmen. Am Abend laben wir uns zuerst am Vorspeisen- und danach am Dessertbuffett. Alles schmeckt französisch-köstlich. In Nancy kochte man eher deftig nach Lothringer Art.

28.9. Immer noch mildes Spätsommerwetter. Das berühmte Museum von Epinal ist wegen Renovierung geschlossen. Wir besichtigen die Kathedrale, streifen durch die verwinkelte Altstadt und steigen zum Schlosspark hinauf. Schöner Ausblick über Stadt und Umgebung. Immer wieder die Mosel. Eigentlich ist das gar kein deutscher Fluss.

Weiterfahrt nach Pouxeux. Hier war 1945 das „Auffanglager", in dem Bruno und Sepp sich kennen lernten. Es erweist sich als schwierig, den Ort des Geschehens nach so vielen Jahren zu finden. Wir kehren in einer kleinen Bar ein, hoffen auf Suppe oder Sandwiches und natürlich auf „Hinweise aus der Bevölkerung".

Großes Palaver mit der Wirtin, mit dem alten Steinmetz, der im Krieg als Gefangener im Schwarzwald gearbeitet hat, mit dem jungen Mann, dessen Vater Wachmann im Lager war. Der Feuerwehrhauptmann gesellt sich dazu. Eine bunt zusammengewürfelte Runde bei Rotwein und Pastis. Irgendwann kriegen wir doch noch Sandwiches.

Ein unerhörter Vorgang: Bruno verschenkt Skizzen an die während der Gespräche Porträtierten.

Anhand der Beschreibung finden wir das Lagergelände. In den Gebäuden wird jetzt eine Spinnerei betrieben. Es sieht alles ganz normal aus. In den Männern steigen Erinnerungen an Einzelheiten auf: Bedrückende Erinnerungen an Hunger und Erniedrigung. Sie können nicht darüber reden, begnügen sich mit ein paar Andeutungen. Nachdenkliche Rückfahrt nach Epinal. Besuch der Imagerie. Interessante Einblicke in die Herstellung der ersten Comics.

Zum Abendbrot im gemütlichen Hotel Forelle auf Blattspinat. Nochmals Dessertbuffett. Danach Idiotenskat und viel Rosé. Dieses Kontrastprogramm brauchen wir nach dem Tag in Pouxeux.

29.9. Rückreise über die Vogesen. Strahlender Sonnenschein, anmutige Landschaften, gepflegte Dörfer, leere Straßen. Kurz vor der Grenze üppiges Elsässer Mittagsmal: Quiche Lorraine, Mistkrätzerle, Kartoffeln „Duchesse", Salat, flambierte Crepes mit Eis. Ein letzter „Mirabell" quer drüber. Wir sind gesättigt an Leib und Seele. Die Nachlese ist geglückt.

Popcorn und Tränen

Ein Maiabend im Jahr 1991. Mein Mann ist vor sechs Wochen gestorben. Seit seinem Tod sind meine Gefühle und Regungen wie eingefroren. Ich tue stumm und verbissen die tausend Dinge, die ich für meine Pflicht halte.

Da ist immer noch dieser Satz in meinem Kopf, den ich gerne ungesagt machen würde, der mich umtreibt, den ich hin- und herwende: „Stirb du mal, ich mach' dann schon", habe ich geflachst. Damit wollte ich den Kranken, der sich Tag und Nacht Sorgen um meine Zukunft machte, sozusagen im Handstreich aus seinem Kummer herausholen. So hatten wir es immer miteinander gehalten, und auch diesmal schien mein kesser Spruch die Sorgendüsternis aufzuhellen.

„Ich mach' dann schon", habe ich versprochen, ohne zu ahnen, was dieses Versprechen bedeutete. Jetzt übe ich mich in Haltung und Disziplin, lebe wie fremdgesteuert, finde keinen Ausweg aus meiner Erstarrung. Als mein Sohn mich eines Tages zum Kinobesuch einlädt, lasse ich mich überreden. In der Nachbarstadt läuft seit Wochen der Film „Der mit dem Wolf tanzt", und alle erzählen davon.

Zum ersten Mal betrete ich ein Großraumkino, wundere mich über den Popcorn- und Cola-Verzehr der Zuschauer und versuche, die laute Stereo-Musik, die den Brustkorb dröhnen macht, hinzunehmen. In der Pause bin ich so weit, mir Cola und eine große Tüte voll Popcorn zu wünschen.

Das Geschehen auf der riesigen Leinwand zieht mich mehr und mehr in seinen Bann. Bei der Liebesszene mit dem Indiomädchen ist es vorbei mit meiner Fassung. Ich muss schlucken, seufzen, der Hals ist mir wie zugeschnürt. Und dann, endlich, nach all den Wochen des Erstarrtseins, kann ich weinen, ganz versenkt in meinen Schmerz, leise, ohne aufzuhören. Die anrührenden Bilder auf der Leinwand und die sanften Melodien erreichen mich nicht mehr.

Auf der Heimfahrt bringe ich kein Wort heraus. Da gibt es nichts zu sagen. Ich bin unendlich müde und traurig und ganz still, und das ist gut so.

Das alles ist jetzt viele Jahre her, aber noch heute hat Popcorn für mich einen ganz eigenen Geschmack.

Stationen eines Abschieds

Oktober 1991

Die heimlich befürchtete Nachricht ist da: Bei Bernhard, meinem zweiunddreißigjährigen mittleren Sohn, ist die besiegt geglaubte Krebskrankheit wieder ausgebrochen. Er lehnt aus Gründen, die ich verstehe, eine weitere Operation und die üblichen Folgebehandlungen ab, will alternative Wege zur Heilung suchen. Es ist seine Entscheidung, die ich respektieren und mittragen will, allen Zweifeln zum Trotz. Ärzte, mit denen ich über Bernhards Haltung rede, zeigen sich verständnislos und machen mir mit ihren Prognosen große Angst. Vor einem halben Jahr ist mein Mann gestorben. Die Lücke, die er in meinem Leben hinterlassen hat, schmerzt mich sehr, und jetzt weiß ich nicht, wie ich mit dieser neuen Bedrohung leben soll. Warum gerade er, und warum schon wieder ich?

Dezember 1991

Bernhard hat in den vergangenen Monaten zu allem Zuflucht genommen, was die Randmedizin zu bieten hat. Daneben hat er sich mit fachlicher Hilfe bemüht, den seelischen Ursachen seiner Krankheit auf die Spur zu kommen. Immer wieder Hoffnung bei ihm und uns, immer wieder neue Enttäuschungen. Die räumliche Trennung – Bernhard lebt in Karlsruhe, ich im Ruhrgebiet – ist eine zusätzliche Belastung für mich. Ich bemühe mich, Stärke zu signalisieren, aber die Auflehnung gegen dieses Schicksal bringt mich an den Rand meiner Kraft. Der Zugang zum vertrauensvollen Gebet ist mir versperrt. Jetzt könnte ich mein gutes altes Gottvertrauen brauchen.

Februar 1992

Mit Bernhard geht es immer mehr bergab. Er kann nicht mehr unterrichten, nicht üben und schon gar nicht bei Konzerten mitwirken. Er macht wenig Aufhebens von seinem Leiden, erzählt von großen Plänen für die Zeit danach. Während der wenigen Tage, die er bei mir verbringt, geht es mir gut. Seine Euphorie angesichts einer neu entdeckten Heilmethode drängt vorübergehend all meine Sorgen zurück. Nur zu gern nehme ich teil an der starken Hoffnung, die ihn trägt. Vielleicht geschieht ja doch noch ein Wunder. Und dann ist ja auch irgendwo der verstorbene Vater, auf dessen Hilfe ich insgeheim hoffe.

April 1992

Bernhard teilt mir mit, dass sich bei ihm Metastasen gebildet haben. Bei unseren abendlichen Telefongesprächen erlebe ich ihn so offen und vertraut wie in seinen Kindertagen. Die unsichtbare Schranke, die erwachsene Söhne zwischen sich und ihren Müttern errichten, ist nicht mehr da. Ich könnte glücklich sein über diese enge Verbundenheit, aber sie bringt mir nur neuen Kummer. All die Schmerzen und Nöte, die die fortschreitende Krankheit mit sich bringt, verbirgt er nun nicht länger vor mir. Ich habe große Angst.

2. September 1992

Bernhard ist am Ende seiner Kraft. Man hat ihm ein Hospital für holistische Medizin in Kattrup/Dänemark empfohlen. Dort will er sein Heil versuchen. Seine Brüder Michael und Stefan bieten ihm Hilfe an, aber er will alleine reisen. Bei seinen Anrufen von dort erzählt er von der überaus liebevollen Aufnahme und Betreuung. Er ist wieder voller Hoffnung.

13. September 1992

Ich fahre nach Kattrup. Bernhard hat mich gebeten, zu kommen. Die Atmosphäre im Hospital ist freundlich, hell, fast weihevoll. Überall Pflanzen, brennende Lichter, oft schöne Musik. An den Wänden Texte des Hl. Franziskus. Aus seinem Geist leben und arbeiten die Leute in diesem Haus. Ein guter Ort zum Kraftschöpfen – oder auch zum Sterben. Man geht sehr herzlich miteinander um. Auch mir wird liebevolle Behandlung zuteil. Ich kann endlich meinen Tränen freien Lauf lassen. Hier versteht man mich ohne viele Worte.

In einem der Krankenzimmer liegt eine junge Frau im Sterben. Die Stimmung, die wir bei Betreuerinnen und Angehörigen wahrnehmen, hat nichts mit Verzweiflung und Trauer zu tun. Gefühle wie Liebe, Hoffnung, Zuversicht sind bei allen zu spüren. Marianne, die Initiatorin und geistige Mitte der Gemeinschaft, verfügt – ich weiß keine bessere Bezeichnung – über seherische Gaben. Sie nimmt verstorbene Verwandte der Kranken, die in deren letzten Stunden da sind, wahr und spricht mit den Angehörigen darüber. Alle im Haus wissen das, machen aber keinerlei Aufhebens davon. Für mich sind diese Vorgänge schwer zu begreifen und anzunehmen, für Bernhard sind sie ein wunderbares Geschenk.

Wir beide haben lange, vertraute Gespräche. Bernhard hat die Hoffnung auf eine doch noch irgendwoher kommende Heilung nicht aufgegeben, spricht aber auch unbefangen und ohne Bitterkeit über die Möglichkeit eines baldigen Todes. In dieser Umgebung finden wir den Mut, über alles zu reden, was uns in diesen Tagen bewegt und bedrängt. Bernhard hat schon vor seiner Reise nach Dänemark in Karlsruhe alles geordnet und geregelt, was ihm wichtig erschien. Jetzt, da alles gesagt ist, geht es uns beiden besser. Meine panische Angst ist vergangen ob Bernhards Gelassenheit. Beim Abschied weiß er, dass ich ihn nicht festhalten werde, wenn er seinen letzten Weg gehen muss. Das hilft uns beiden, und darin liegt wohl auch der Sinn meiner Reise.

6. Oktober 1992

Bernhard kehrt ermutigt und gestärkt nach Karlsruhe zurück. Er setzt seine ganze Hoffnung in eine neue Methode der Krebsbekämpfung. Man hat in Kattrup mit dieser Behandlung begonnen, ein Karlsruher Arzt wird sie fortsetzen. Mir fällt es schwer, immer wieder aufs Neue an ein Wunder zu glauben. Bernhard ist jetzt so geschwächt, dass er die Betreuung durch Freunde, Kollegen, Schüler braucht. So lange wie möglich will er in seiner vertrauten Umgebung bleiben. Aus späteren Briefen weiß ich, wie sehr ihn alle in dieser Zeit bewundert und wie viel sie von ihm gelernt haben.

22. November 1992

Bernhard hat seine Brüder gebeten, ihn nach Kattrup zu bringen. Dort sucht er Geborgenheit und Beistand gegen die letzte große Not. Für dieses Ziel hat er alle Kraft zusammengenommen, die ihm geblieben ist. Er übersteht die lange Reise in staunenswerter Verfassung. Bei seiner Ankunft fragt er Marianne, ob er nun gehen müsse. Sie bejaht das und tröstet ihn: „Wir machen es uns gemütlich."

24. November 1992

Man ruft uns nach Kattrup. Wir treffen einen friedvollen, fast heiteren Bernhard an, der sich – so scheint es – schon auf den Weg gemacht hat Er nimmt wahr, dass wir da sind, macht einen Spaß mit Stefan. Ein paar Stunden vorher hat er von den vielen Engeln gesprochen, die im Zimmer seien. Spät in der Nacht schläft er friedlich ein.

Marianne berichtet uns in ihrer leisen, bescheidenen Art, dass der Vater in der Sterbestunde da war. Er lässt uns durch sie Botschaften übermitteln, die nur wir drei verstehen. Wir sind tief bewegt, dankbar, getröstet. Uns ist die Gewissheit geschenkt worden, dass für Bernhard nicht alles aus ist. Ein neues Leben in einer für uns unvorstellbaren Daseinsform hat für ihn begonnen.

Bei mir ist alle Auflehnung gegen diesen frühen Tod bedeutungslos geworden. Es bleibt der tiefe Schmerz um den Verlust meines lieben, sanften Sohnes. Bis zum feierlichen Abschied, den alle Mitarbeiterinnen und Patienten mit uns zusammen begehen, bleibt uns viel Zeit zum Verweilen bei unserem Verstorbenen.

26. November 1992

Auf der langen Heimreise ist aller Druck der vergangenen dunklen Zeit von uns genommen. Uns trägt die Überzeugung: „Es ist alles gut geworden." Der Tod hat für uns seinen Schrecken verloren. Nicht allein mir ergeht es so, auch Michael und Stefan befinden sich in einer Art Hochstimmung. Wir nehmen uns vor, diese Eindrücke nie zu vergessen. Unvergessen soll auch der Dienst sein, den die Leute vom Hospital an Bernhard und an uns, seiner Familie, getan haben.

August 1993

Die Beerdigung und die Totenmesse sind lange vorüber, alle Beileidsbriefe beantwortet, Bernhards Nachlass in seinem Sinne versorgt. Die Trauer hat einem stillen Heimweh nach meinen Toten Platz gemacht, das wohl in diesem Leben nie ganz vergehen wird. Ich habe mich einer Gruppe angeschlossen, die sich mit Sterbebegleitung befasst. Gestern durfte ich einem einsamen alten Mann in seinen letzten Stunden beistehen. Er ist friedlich eingeschlafen.

Die verlorene Frömmigkeit

Ich habe meine Frömmigkeit verloren. Damit meine ich jenen Seelenzustand des Erhobenseins, der einem beispielsweise während besonders feierlicher Gottesdienste wenigstens vorübergehend geschenkt wird. Früher, während meiner jugend-bewegten Jahre, ist mir dieses Glück hin und wieder zuteil geworden. Aus vielerlei Gründen haben sich diese Gelegenheiten im Laufe meines an Ereignissen und Pflichten reichen Lebens immer seltener ergeben.

Es war während einer Osternachtfeier in Taizé, als ich mich zum letzten Mal so recht mit Gott und den Menschen eins fühlte. Aber Burgund ist weit und meine Sehnsucht seitdem ungestillt. Jahre später erlebte ich die Ostermesse in der prächtigen Kirche eines portugiesischen Fischerdorfes.

Alles war südländisch feierlich, die Gemeinde sang mit großer Inbrunst und Musikalität – aber mit zunehmender Temperatur errang ein intensiver Fischgeruch den Sieg über die munter aufsteigenden Weihrauchwölkchen. Die herzlichen Umarmungen meiner portugiesischen Banknachbarinnen anlässlich des Friedensgrußes waren wegen besagter Düfte auch nicht das, was sie hätten sein können. So ist es nun mal auf dieser Erde: Wo die Nase irritiert wird, haben die hehren Gefühle keine Chance.

Zehn Jahre nach Taizé durfte ich Ostern auf Rhodos feiern. Die Kirche war mit byzantinischer Pracht ausgestattet. Die Dorfbevölkerung – teilweise in malerischer Tracht – folgte mit großer Andacht der feierlichen Handlung. Die orthodoxen Gesänge waren Labsal für Ohr und Herz, unzählige Kerzen tauchten alles in ihren schönen Glanz. Meine Seele war im Begriff, sich – wie man so sagt – aufzuschwingen, da bohrte sich unmissverständlich und wiederholt der Ellbogen meiner Nachbarin, einer würdigen alten Griechin, in meine Rippen.

Ich hatte es gewagt, den offensichtlich in ihrem Familienbesitz befindlichen Kirchenstuhl mit zu benutzen. Wer einmal einen orthodoxen Ostergottesdienst in seiner ganzen Länge durchgestanden hat, wird Verständnis für meinen „Übergriff" haben.

Bei der nächsten sich bietenden Gelegenheit schlich ich mich beschämt zu den bei der Tür versammelten Touristen zurück. Eine bildschöne, etwa drei Jahre alte Rhodierin wurde ostentativ auf den von mir geräumten Platz gesetzt. Ich glaube, sie wäre viel lieber auf dem Schoß ihrer Mama geblieben. Jedenfalls sah sie enttäuscht und traurig aus. Ich wahrscheinlich auch.

Aber so schnell gebe ich die Hoffnung nicht auf, und Sehnsucht bleibt Sehnsucht. Auf der Suche nach dem Balsam für mein müdes Herz landete ich an einem milden Maiabend in der kleinen Wallfahrtskirche unserer Nachbarstadt. Hier hatten mein Mann und ich in der Blüte unserer Jahre oft Zuspruch und Erbauung gefunden.

Schon der Anblick des Kirchenraumes war eine herbe Enttäuschung. Von dem früher einmal schlichten und klaren Gesamtbild des neugotischen Raumes war nicht mehr viel übrig. Alles bemalt, behängt, verstellt. Dominierend rechts und links vom Chorraum Boxentürme von Ausmaßen, wie man sie bei Open-Air-Konzerten kennt. Zu beiden Seiten des Tabernakels das Chorgestühl für die jetzt hier wirkenden Zisterzienser. Jeder der sechs Mönche hat sein eigenes Spitzdächlein über dem Betstuhl, und ich frage mich immer noch, was der Architekt sich dabei gedacht hat.

Da standen sie nun, mit dem Gesicht zum Volk (oder sage ich besser Publikum?) und sangen in unsichtbare Mikrofone.

Sie waren gut ausgeleuchtet, und sie sangen wirklich wunderschön. Über die Verstärkeranlage klang es, als sängen dreißig Mönche in einer romanischen Hallenkirche. Alles war so perfekt inszeniert, dass anstelle der erhofften andächtigen Gefühle Enttäuschung und Verärgerung in mein Gemüt einzogen.

Während ich mich genüsslich der langsam in mir aufsteigenden Wut hingab, geschah etwas gänzlich Unprogrammgemäßes. Einer der jungen Mönche (es war der mit dem besonders eindrucksvoll geneigten Kopf) schaffte mit Hilfe seines eleganten weißen Ärmels einem Juckreiz in seinem linken Ohr Abhilfe, um sich danach versonnen den Ärmelsaum und seinen kleinen Finger zu betrachten. Mein schöner heiliger Zorn löste sich ob dieser Beobachtung in nichts auf. An seiner Stelle machte sich eine Art mütterlicher Rührung breit. Der geistesabwesende Junge da vorne, das könnte doch einer meiner Söhne sein. Nach dieser Erkenntnis ging es mir wieder gut. Aber vom erhofften Seelenzustand des Erhobenseins war ich weiter entfernt denn je.

Auf der Suche nach dem geeigneten Ort für meine ungestillte Sehnsucht ist mir der Korbsessel meiner Großmutter eingefallen. Der stand am Küchenfenster ihrer Altenteilwohnung. Jeden Tag in der Abenddämmerung saß sie dort und betete. Das harte Leben einer Bäuerin und Mutter von zwölf Kindern hatte ihren Rücken gebeugt. Aus ihrem alten Gesicht strahlte so viel Gelassenheit, Geduld und Würde, dass es uns Stadtkindern nicht schwer fiel, sie mit dem damals auf dem Lande noch üblichen „Ihr" anzusprechen. Von Meditation oder Spiritualität hatte sie sicher nie etwas gehört, aber ihren Frieden mit Gott und der Welt hatte sie längst gefunden.

Ob das die Lösung für mein Problem wäre? Einen Korbsessel habe ich schon.

Portugal - Eine Winterreise

Seitdem der Gefährte meiner achtunddreißig Ehejahre nicht mehr an meiner Seite ist, fliehe ich gern vor der deutschen Weihnacht. So trifft es sich im Jahr 1996 gut, dass meine Freunde Rosaria und Joao mich einladen, das Fest in ihrer Heimat Portugal mit ihnen zu feiern. Es soll ein kleiner Weihnachtsurlaub werden. Sogar ein dreitägiges Hochzeitsfest werde ich miterleben. Schon der Anreisetag gestaltet sich turbulent. Aber ich will der Reihe nach berichten:

Samstag, 16.12.1996

10.30 Uhr. Abfahrt im Pkw meines Sohnes Stefan, Rosaria und João abholen. Beim Anblick ihres üppigen Gepäcks Stefans verblüffte Frage: „Wollt ihr einen Laden aufmachen?" Nach einem Kilometer streikt die Batterie, also wenden und zurückfahren, meine Garage ansteuern, alles eilig umladen (fast alles!). Um 10.50 Uhr erneuter Start, jetzt mit meinem Auto. Ein Blick auf das Armaturenbrett: Der Tank ist fast leer! Also tanken. Endgültige Abfahrt 11 Uhr. Ziemlich pünktlich um 11.40 Uhr Ankunft am Flughafen Düsseldorf. Ausladen, Stefan verabschiedet sich und fährt zurück. Gepäck sortieren, um einzuchecken. Meine Reisetasche mit Kulturbeutel, Medikamenten und allen Schuhen fehlt! Anruf zu Hause. Stefan ist noch nicht zurück. Blutdruck steigt, Puls leicht beschleunigt.

12.45 Uhr dringlicher Anruf in Hattingen. Stefan ist wieder unterwegs.

13 Uhr letzter namentlicher Aufruf für Fluggäste nach Lissabon.

13.10 Uhr Stefan reicht im allerletzten Moment die Tasche durch die Absperrung. Stau beim Durchschleusen. Polizei wird gerufen. Der Fluggast vor uns hat Probleme, wir auch! Das Herz schlägt mir bis zum Hals, obwohl es längst in die Hose gerutscht ist. Unter extremen Bedingungen geht das. Endlich wird der verdächtige Passagier abgeführt. Jetzt hängt João bei der Leibesvisitation fest. Ich raffe schon mal alles Handgepäck vom Band. Aufgeregte Busfahrt zum Flieger – nur wir drei und die leidgeprüfte Stewardess.

Abfällige Bemerkungen der bereits angeschnallten Passagiere begleiten unseren Weg zur Sitzreihe zwanzig. Ich habe einen Plastikbeutel zu viel vom Band mitgebracht, der wird der Stewardess in die Hand gedrückt. Wir wissen von nichts. Gott sei Dank, wir heben ab. Mein Herz klopft noch immer wie wild, mein Deo hat mich längst im Stich gelassen. Was wohl in der Plastiktüte war? Sie muss dem Verhafteten gehört haben. Vielleicht war's für eine halbe Million Rauschgift oder eine Menge falscher Dollars? Man hat so was schon mal im Krimi gesehen. Wir hätten heimlich nachsehen sollen. Wie echte Komplizen tuscheln wir.

Ruhiger Flug bei anfangs klarer Sicht. Frankreich hat sich eine dicke Wolkendecke übergezogen. Die Biskaya glänzt im Wintersonnenlicht. Pünktlich um 16.30 Uhr landen wir.

Riesenandrang vor der Halle. Die Wiedersehensfreude strahlt den Wartenden aus den Gesichtern. Abholende und Abgeholte vereinen sich zu einem lauten, fröhlichen Gewühle. Bei so viel offensichtlicher Herzlichkeit möchte ich ganz gern dazugehören. Rosarias Neffe Joaquim in Begleitung der siebenjährigen Silvia taucht auf. Die gleichen schönen Augen bei Vater und Tochter.

Nach einstündiger Fahrt durch das winterlich ernste Hügelland stürmischer Empfang in Vimeiro. Großmutter, Schwester, Nichten, Neffen und vier Kinder sind da. Es wird geküsst, erzählt, gelacht, ausgepackt, gekocht, Fische im Kaminfeuer gegrillt, der mächtige Küchentisch gedeckt – alles gleichzeitig und mit beachtlicher Geräuschkulisse. Hier ist gut sein. Nicht nur wegen der vielen Küsschen, die ich schon an diesem ersten Abend bekommen habe.

Im Laufe meines zweiwöchigen Aufenthaltes erlange ich eine gewisse Sicherheit in der Ausübung dieser liebenswerten Begrüßungsform: Man peilt zuerst die rechte Wange des oder der zu Begrüßenden an, ein leichter Schmatz ertönt, bei zwei Brillenträgern kommt ein zartes Klirren dazu. Das gleiche Ritual mit der linken Wange. Könner schaffen das freihändig. Männer unter sich begnügen sich mit einem ausführlichen Händedruck, eventuell einem Schulterklopfen, und wenn's ganz herzlich sein soll, gibt es Umarmungen. Ich glaube nicht, dass hier alle, die sich küssen, einander ins Herz geschlossen haben, aber mir gefällt es trotzdem, besonders bei den Kindern.

Abendessen eine Stunde nach der Ankunft: Hühnersuppe, gebratene Wurstscheiben, Kartoffeln, Salat, Fisch, danach dieses herrlich aromatische Obst, das in jeder Küche in einem prächtigen Korb auf dem Tisch steht und zu jeder Mahlzeit gehört. Den Abschluss – das nehme ich jedenfalls an – bildet der Kranzkuchen, „Kuchen des Königs" genannt. Er darf in der Weihnachtszeit auf keinem Tisch fehlen. Zur allgemeinen Belustigung erwische ich die eingebackene dicke Bohne, die mich dazu verdonnert, im nächsten Jahr die Beschaffung des Weihnachtskuchens zu finanzieren, und ich nehme mir fest vor, daran zu denken, wenn es Zeit ist.

Plötzlich allgemeiner Aufbruch. Man lässt alles stehen und liegen und begibt sich in die Bar, um ein winziges Tässchen Espresso – Bica genannt – zu trinken. Das geht alles ruckzuck und wird immer so gemacht. Nur die Oma ist zu Hause geblieben und räumt schon mal das Geschirr zusammen. Um 21 Uhr sind wir zurück, und ich brauche ein Bett.

Wie das ganze Haus ist auch mein Zimmer üppig ausgestattet. Was die Ausmaße des Bettes anbelangt, so würde es sich anstandslos als Lotterbett eignen. (Aber die Zeiten sind ja nun vorbei.) Himmelblaue Bettlaken gibt es, eins drunter, eins drüber. Aber was heißt da eigentlich himmelblau? Viele, viele bunte kleine Sträußchen sind drauf, und den Abschluss bildet eine üppige Borte im gleichen blühenden Muster. Zwei dicke weiche Kopfkissen habe ich, auch himmelblau mit Streublümchen, und drei überdimensionale kuschelige Wolldecken. Die unterste zeigt einen überlebensgroßen Tiger, das heißt eigentlich die Trophäe eines solchen. Dessen ungeachtet blickt das Tigerauge wild, der Gesichtsausdruck ist entschlossen. Dieses beunruhigende Konterfei wird abgedeckt durch Decke Nummer zwei, die in einem ausdrucksvollen Muster aus geometrischen Formen in den Farben tomatenrot, weiß, dunkelbraun, ocker und schwarz gehalten ist.

Was als Nummer drei darüber gebreitet liegt, ist eine wahre Pracht: Azurblauer Hirsch auf honiggelbem Grund. Das edle Tier steht auf ein paar spärlichen Grasbüscheln (die südlichen Sommer sind halt so), das stolze Haupt ist über den Rücken nach hinten gewandt, die sanften Augen blicken unverwandt in die Ferne. Das Geweih ist unregelmäßig. In der deutschen Jagdliteratur würde man da wohl die Bezeichnung „Ungerader Zehnender" anwenden. Trotz gewisser anatomischer Unzulänglichkeiten wirkt der Kopfschmuck des Königs der Wälder mit den weit ausladenden, schwungvoll gebogenen Stangen ausgesprochen majestätisch. „Carlos" habe ich meinen Hirsch getauft. Irgendwie ist er mir ans Herz gewachsen. Er schläft ja auch ganz nah' bei mir.

Meine Freunde sind an diesem angebrochenen Abend noch lange nicht zu bremsen. Sie besuchen per Lieferwagen ungefähr die halbe Verwandtschaft und kommen mitten in der Nacht zurück.

Sonntag, 17.12.

Beim Frühstück brennt schon das Kaminfeuer. Die Küche mit ihren Mahagonischränken und dem Riesenesstisch ist warm und behaglich, das Kaffeegeschirr geräumig, das weiße Brot schmackhaft und wunderbar krustigbraun gebacken.

Von meinem Zimmer aus bietet sich der Ausblick auf die frühlingsgrüne Landschaft. Die Hügel haben die Form von riesigen Maulwurfshaufen. Jeder trägt eine Pudelmütze aus Pinien- und Eukakalyptusbäumen, die mal gerade, mal schief aufgesetzt zu sein scheint. An den Hängen und im Tal sattes Grün, da und dort üppige Gruppen von Bambus, überall Obstbäume. Reife Orangen und Zitronen leuchten aus dunklem Laub. Neben altem, zerfallendem Gemäuer viele neu gebaute Wohnhäuser im landesüblichen Stil. Da und dort ist der maurische Einschlag unverkennbar. Immer wieder Fassadenschmuck aus bildschönen Keramikfliesen. Sie heißen Azulejos und sind ebenfalls ein Vermächtnis der Mauren.

Heute am Sonntag ist Freimarkt in Santa Ana. Fahrt über die Berge. Portugal scheint ein Land der Kurven zu sein. João hat eine Erklärung dafür parat: Die damals verantwortlichen Straßenbauer waren durchweg englische Ingenieure und der Landessprache nicht mächtig. Sie antworteten auf die Fragen der Arbeiter, wie es weitergehen solle, stets kurz und britisch mit „yes". Die Arbeiter verstanden „S", und so wurde eine S-Kurve nach der anderen gebaut.

Auf dem Markt grandioses Angebot. Es ist alles da, was das Herz des Portugiesen - eigentlich mehr der Portugiesin - begehrt. Erstaunliches Fischsortiment, viel Schmückendes für das traute Heim, auch jede Art Nahrhaftes, endlos Textilien und Schuhe. Plastikkram an allen Ecken. Über dem Ganzen eine gewaltige Geräuschkulisse. Überhaupt die Stimmen und die Sprache der Portugiesen. Sie säuseln und zwitschern wie Vögelchen, wenn sie fröhlich sind. Das häufig gebrauchte R rollt wie ein kleiner, harmloser Donner. Im Extremfall wirkt der Redeschwall wie ein heftiges Rattern. Rede und Gegenrede klingen wie eine Kette von munteren Melodiebogen. Wenn es um Krankheit und Leid geht, ist Moll angesagt. Zurufe aus größerer Entfernung erinnern an „forte" geblasene Bachtrompeten. Manchmal lachen die jungen Männer mit Kopfstimme. Das hat etwas von übermütigem Ziegengemecker und wirkt ebenso ansteckend. Und singen können die! Da geht einem das Herz auf.

Zurück zum Markt: Ich möchte gern ein praktisches Hochzeitsgeschenk, vielleicht schöne Wäsche, erstehen, aber ich werde energisch überstimmt. Es muss unbedingt etwas „zum Dekorieren" sein. Die Braut hat da angeblich keinen Geschmack. Die Lösung ist ein kunstvoll geflochtener Obstkorb, wirklich äußerst dekorativ, fast ein wenig manuelisch mit seiner Tauverzierung, und ganz ohne Plastik. Für unser Mittagessen werden Fische, ein gegrilltes Huhn und Raps – kurz vor dem Erblühen – erstanden.

Am Nachmittag ist im Kindergarten Theater angesagt. In dem prächtig geschmückten Raum eine riesige hufeisenförmige Tafel mit hundert farbenfrohen Köstlichkeiten. Die Mütter lassen sich nicht lumpen. Schwer zu sagen, wer reizender aussieht, die stolzen jungen Frauen oder die Kinder – alle in ihrem Sonntagsstaat. Manche haben hinreißend schöne dunkle Augen mit Wimpern wie angeklebt. Die treusorgenden Väter stehen ihnen kaum nach. Da gibt es klassische

Römerprofile, rotbackige Naturburschengesichter und so manchen verwegenen Typ, dem man gerne einen Turban oder Fez verpassen würde. Die Opas tragen ihre Mütze mit dem kurzen Schild so keck ins Gesicht geschoben, dass man den Eindruck hat, das Ding sei zwei Nummern zu klein.

Die Aufführung beginnt mit vierzig Minuten Verspätung. Im Nebenraum ist ein Schattenspiel vorbereitet. Väter schleppen Teppiche, damit die Kinder auf dem Fußboden sitzen können, die Erwachsenen stehen dicht gedrängt dahinter. Hier gehöre ich endlich mal nicht zu den Kleinen. Das Gewusel wird energisch beendet. Cinderella tritt auf. Das Publikum geht begeistert mit, kleine Pannen werden nachsichtig in Kauf genommen. Alle sind hochzufrieden, als Cinderella ihren Königssohn bekommt. Als zweiten Programmpunkt sehen wir danach im Hauptraum die Fabel vom Löwen und den drei Schweinchen. Es naht die sparsam kostümierte Raubkatze. Der erste stolze Mini-Portugiese weint laut vor Angst um seine Schweinchen-Mama. Er findet Trost in Papas Armen. Mit List und Tücke will der König der Wüste die Schweine besiegen, mit noch mehr List und Tücke, vor allem aber durch ihr unverbrüchliches Zusammenhalten, wird er in die Flucht geschlagen.

Die Kostüme der wohlgebauten Rüsseltiere wirken mit den Steckdosenschnäuzchen, den khakifarbenen Latzhosen und den kecken Ringelschwänzchen äußerst überzeugend. Als die Schweinchen in höchster Gefahr eine schauerliche Musik auf Kinderinstrumenten machen, verlangt der kleine Besitzer des ebenfalls kleinen Akkordeons energisch sein Instrument zurück. Dem Wunsch wird augenblicklich stattgegeben. Die Begeisterung schlägt hohe Wogen. Der zweite Krabbelstuben-Senhor weint bitterlich und wird aus dem Verkehr gezogen. Das dramatische Geschehen auf der imaginären Bühne nimmt seinen Lauf. Wie immer im Märchen trägt die gute Sache den Sieg davon. Bevor der Weihnachtsmann seinen Auftritt hat, machen wir uns auf den Weg.

Bei strahlendem Sonnenschein fahren wir über Sào Martinho zur Atlantikküste nach Foz do Orelho zum Muschelmarkt. Für 1600 Escudos werden acht Kilo Berbigão (winzige sandfarbene Muscheln) erhandelt. Die Muschelfrau müsste sich dringend einen guten Zahnarzt suchen. Vermutlich fehlt ihr das Geld für den offensichtlich notwendigen Zahnersatz. Diese Beobachtung mache ich noch oft bei der ärmeren Bevölkerung.

Um 18 Uhr Heilige Messe in Caldas da Rainha. Ein schöner Kantor übt schöne Gesänge ein. Hier würde ich gerne regelmäßig zur Sonntagsmesse gehen. Nach dem Gottesdienst Einkauf im riesigen Supermercado Modelo. Lange Schlangen an allen Kassen. Die Kassiererinnen verrichten ihre Arbeit im Stehen.

Zu Hause werden in einem riesigen Topf die Muscheln zusammen mit Zwiebeln, Knoblauch, Olivenöl, Tomaten, Weißwein und Zitronensaft gekocht. Mit Piri-Piri wird gewürzt. Es ist nach 21 Uhr, als die Muscheln vom Haushaltungsvorstand für gar befunden werden. Zwölf Erwachsene finden irgendwie am Küchentisch Platz. Berge von Müschelchen werden geleert. Der Inhalt ist winzig, der Geschmack würzig. Brot, Wein, Käse und Oliven ergänzen das fröhliche Mahl. Irgendwann sind fünfzehn erwachsene Personen in der Küche versammelt. Man trinkt ein Schlückchen Whisky, knabbert Weihnachtskuchen und die mitgebrachten deutschen Plätzchen, scherzt, erzählt, lacht; die Kinder balgen sich, die Welt ist warm und wunderbar.

Montag, 18.12.

Großmutter Maria hat Hähnchen gemästet und eines für uns geschlachtet. Essen vorbereiten, im Dorfladen dreiundzwanzig herrlich naive Weihnachtskarten kaufen. Oma kümmert sich derweil ums Essen: Das Hähnchen wird gedünstet in Wein und Bier, zusammen mit Kartoffeln, Möhren, Zwiebeln, Knoblauch, Sahne. Dazu Salat und natürlich Wein. Der wird grundsätzlich nur während der Mahlzeiten getrunken. Aber die dauern dann auch lange genug. Obst und Weihnachtskuchen werden nachgeschoben. Danach der obligatorische Gang in die Bar.

Nachmittags Fahrt nach Alcobaça. Großartige gotische Kathedrale und Benediktiner-Abtei. Einkäufe wie jedes Mal. Wir entdecken einen uralten kleinen Buchladen mit einem uralten kleinen Besitzerehepaar. Mit Händen und Füßen erkläre ich mein Anliegen. João soll ein Nachschlagewerk bekommen. Das Passende wird aus einem Stapel noch versandgerecht verpackter Bücher herausgefunden. Neben der Tür darf das Geschenkpapier ausgewählt werden. Der ganze Laden wirkt gleichzeitig improvisiert und zugestaubt. In einer Ecke steht ein Körbchen voll gelber Äpfel zum Verkauf. Allerlei Schülerbedarf aus buntem Plastik ist da. Der alte Herr verkünstelt sich mit einer üppigen Schleife zum krönenden Abschluss des Handels. Davon lässt er sich nicht abbringen. Die alte Dame lächelt glücklich und ermahnt mich mit Gesten, meine Handtasche sorgfältig zu schließen. Eine wunderbar nostalgische Viertelstunde ist vergangen.

Dienstag, 19.12.

Wir sind von Matilde zum Mittagessen eingeladen. Unser Gastgeschenk, den üppigen deutschen Donauwellenkuchen, mit Schokoladenguss überziehen, feine Sachen anziehen,

Päckchen für die Kinder packen. In der imposanten Küche lodert das Kaminfeuer, die Tafel ist für zwölf Personen festlich gedeckt. Es gibt Bohnensuppe, Kaninchen in Rotwein, Kartoffelpüree, Gemüse, Salat, Nachtisch von der cremigen Art, Kuchen, Wein. Das Signal zur Bica-Zeremonie wird gegeben. Hier sind die Leute Meister in der Kunst, plötzlich aufzubrechen und alles stehen und liegen zu lassen. Mir imponiert diese Eigenart. Alle rennen ins Kaffee. Der Bica wird ruckzuck serviert, ruckzuck getrunken und ruckzuck bezahlt. Nie bezahlt der Einzelne. Irgendein Stifter findet sich immer in der Runde.

Am Nachmittag baden, aufräumen, schreiben. Die anderen sind schon wieder unterwegs, Einkäufe machen. Ich bin hundemüde und krieche lange bevor der Mond aufgeht unter meinen Dralon-Hirsch.

Mittwoch, 20.12.

Fahrt zum Fischekauf nach Turquel. Abenteuerliche Strecke über den Berg. Die Fischerinnen kommen aus Nazaré und sehen aus wie aus dem Prospekt geschnitten. Eine ganze Schüssel voll mit Fischen wird ausgewählt, geschuppt, aufgeschlitzt, – alles in atemberaubendem Tempo und von munteren Reden begleitet – schließlich von Fischerin und Hausfrau sachkundig beschnuppert und in die allgegenwärtigen Plastiktüten gepackt. Ich habe noch nie so viele Plastiktüten in Gebrauch gesehen wie hier.

Zum Mittagessen mit sieben Erwachsenen und zwei Kindern gibt es Gemüse, Kartoffeln, die im Kaminfeuer gegrillten Fische, Oliven, Brot, Wein, Obst, Kuchen. Mir schwant Arges für mein Gewicht.

Am Nachmittag Fahrt nach Fatima, vorbei an Batalha mit seiner großartigen spätgotischen Kathedrale. Nur wenige

Besucher an der riesig dimensionierten Wallfahrtsstätte. Die Ähnlichkeit mit dem Petersplatz ist nicht zu übersehen. Rosaria geht in die Beichtkapelle, „Ölwechsel vornehmen lassen". Zirka fünfzig reuige Sünder warten vor ihr, eine Ordensschwester in erstaunlich kurzem Ordenskleid hat die Reihenfolge stramm im Griff. Großmutter verweilt betend vor dem Gnadenbild. Beeindruckend die tiefe Frömmigkeit der Anwesenden. Eine junge Frau rutscht Runde um Runde auf den Knien um das Heiligtum. Welch schweren Kummer muss sie haben und welch grenzenloses Vertrauen zur Madonna.

Während Rosaria weiter geduldig auf ihre Beichtgelegenheit wartet, fahren wir zu dem Olivenhain in Valinhos, in dem im Jahr 1917 den drei Hirtenkindern ein Engel erschienen ist. Großzügige Anlage mit gepflasterten Wegen und vielen in Stein gehauenen Darstellungen aus der Entstehungsgeschichte des Wallfahrtsortes. Ich versuche mir vorzustellen, was hier wohl im Sommer los ist.

An den Zufahrtsgassen ein Verkaufsstand neben dem anderen. Vom handgestrickten Pullover über kunstvolle Häkelarbeiten und Folklore-Kitsch bis zur Fatima-Madonna in allen erdenklichen Materialien und Größen ist alles vorhanden. Während der Wallfahrtszeit gibt es sicher auch Schmackhaftes für die hungrigen und durstigen Pilger. So ist das üblich an heiligen Orten. Die kurvenreiche Rückfahrt – Fatima liegt hoch in den Bergen – gefällt meinem Magen überhaupt nicht. (Wenn der wüsste, welche Strapazen ihn noch erwarten!) Zu Hause ein Tresterschnaps, dann Besuch bei Joãos Bruder Joaquim und seiner Familie zum Abendessen. Es gibt eine Spezialität aus ärmeren Zeiten, die Papas heißt und aus Gemüseresten vom Mittagessen und Maismehl besteht. Dieser Brei wird in einer riesigen, irdenen Schüssel mit einem riesigen, hölzernen Löffel auf dem Herd gerührt, bis er dick und sättigend ist. Dazu gibt's gegrillte Sardinen, Oliven, Rotwein, anschließend Obst.

Die munteren Töchter des Bauern, taufrische zwölf und vierzehn Jahre alt, haben schön gedeckt, jeder Gast hat eine Serviette. Nur der Hausherr weigert sich, von seinen Gepflogenheiten abzuweichen. Er sitzt in seinem alten, karierten Hemd auf seinem angestammten Platz und teilt sich ein großes, buntes Mundtuch mit seiner Frau, wie er das bei jeder Mahlzeit macht. Diesen anrührende Anblick werde ich nicht vergessen. Die Mädchen probieren ihre Englischkenntnisse an mir aus, es gibt viel zu kichern und zu tuscheln.

Als Nachtisch probiere ich Romã, eine ganz verrückte Frucht, bei der man die säuerlichen Kerne isst. Ich glaube, man nennt sie in Deutschland Granatapfel.

Plötzlicher Aufbruch wie gehabt. Bica auch wie gehabt. Ganz nebenbei wird in der Bar eine Fernseh-Weihnachtsmann-Komödie zu Ende verfolgt. Das schaffen die Leute hier alles gleichzeitig. Kleine Kinder sind immer dazwischen und werden bei jeder Gelegenheit mit Zärtlichkeiten bedacht. Geduld und Nachsicht mit der Nachkommenschaft werden ganz groß geschrieben. Das Resultat ist überzeugend.

Donnerstag, 21.12.

Der portugiesische Sturm treibt schwere Regenschauer übers Land. Am Nachmittag schon wieder Einkaufsfahrt nach Alcobaça. Wir begeistern uns für die schönen Silber- und Goldschmiedearbeiten. Rosaria bekommt von ihrem João einen prächtigen Ring als Weihnachtsgeschenk. Ich gebe doppelt so viele Escudos aus, wie ich vorhatte. Das Angebot ist aber auch zu verlockend. Und wer weiß, ob ich in diesem Leben noch einmal nach Portugal reise, rede ich mir ein.

Am Abend sind wir zum Essen bei Rosarias Bruder Manuel und seiner Frau Alice eingeladen. Zirka drei Kilometer Fahrt bei strömendem Regen. Ich weiß nicht, was mein Magen mehr übel nimmt: das schwungvolle Umkurven der vielen Schlaglöcher oder das Abbremsen und Mitnehmen.

In der auch hier riesigen Küche der Gastgeber wird das Kaminfeuer angefacht, die Tochter des Hauses reibt jeden Teller einzeln blank. Ein Traum von einem Tischtuch liegt auf, Leinen mit kunstvollen Häkeleinsätzen. Üppiger Kaninchenschmaus wie bei Matilde. Diesmal folgen drei Desserts. Es geht fröhlich und entsprechend laut zu. Daneben läuft unentwegt und unüberhörbar der Fernsehapparat. Zuerst wird ein schwungvolles Wohltätigkeitskonzert geboten, beim Hauptgericht meldet ein Sprecher, dass acht portugiesische Emigranten und Emigrantinnen auf der Heimfahrt in Spanien verunglückt sind. Drastische Bilder vom Unfall werden mitgeliefert. Der Rest des Fernsehabends ist dem englischen Königshaus und seinem neuesten Skandal gewidmet. Lady Di hat die Scheidung eingereicht. Dem wird einhellig zugestimmt. Inzwischen sind wir bei der sechsten Schnapssorte angelangt.

Die Kinder spielen hingebungsvoll mit den Schokoladen-Weihnachtsmännern, die wir ihnen mitgebracht haben, das Mädchen mit dem Grübchengesicht zeichnet ein Strich-Punkt-Strich-Porträt nach dem anderen. Der Hausherr ist längst aus der allgemeinen Unterhaltung ausgestiegen, sieht fern, träumt ein bisschen, spielt schließlich auf dem Sofa mit seinen Enkeln.

Um 22 Uhr, wie gehabt, plötzlicher Aufbruch. Bicatrinken, was sonst. Zwei Kilometer Fahrt, der Lieferwagen quillt förmlich über, alle Kinder sind dabei. Tässchen leer trinken, die Kinder necken, ein paar Sätze mit der Wirtin reden, einsteigen. Nach der Rückkehr zu den Gastgebern muss jeder und jede die zum Obstgroßhandel gehörende digitale Waage besteigen. Die Ergebnisse sind teilweise niederschmetternd und werden mit schadenfrohem Gelächter quittiert. Auch ich gehöre auch zu den Opfern. Noch ein kurzer Schwatz im Haus – der Fernseher läuft immer noch – herzlicher Abschied und rasante Heimfahrt. Ich bin so satt und so aufgekratzt und so kaputt.

Freitag, 22.12.

Während der ganzen Nacht schweres atlantisches Sturmtief. Wie ein wütendes Tier heult und bellt und pfeift und zischt der Sturm ums Haus und wirft Sturzfluten über das Land. Er lässt die Arthritis erblühen und die Seele erbeben. Das wilde Wetter hält auch am Morgen an und macht unsere Pläne zunichte. Ausruhen steht auf dem Programm. Für mich auch dringend nötig. In der Mittagszeit trotz heftigen Dauerregens Besuch im neu erbauten Haus der Brautleute. Alle Räume werden bewundert, mein Korb auf dem Küchentisch platziert. Obst wird darin arrangiert und rechts und links am Henkel eine hochelegante Brokatschleife angebracht. Jetzt ist die Küche halbwegs präsentabel – dekorationsmäßig sozusagen – meine ich, bzw. meint Rosaria.

Am Abend Auftakt zu den Hochzeitsfestlichkeiten. Wir gehen zum Suppeessen im Gemeindezentrum, einem zweistöckiger Bau mit der Grundfläche einer Turnhalle. In Küche und Vorraum wird geschuftet: Kochen, Backen, Nachtisch bereiten. Eine der Köchinnen rührt zweihändig, d.h. mit zwei Schneebesen gleichzeitig. Alles wird hier von Hand gemacht, und alle, die da so routiniert arbeiten, sind Verwandte der Köchin, die auch die gesamte Ausstattung (Tische, Stühle, Geschirr usw.) zur Verfügung stellt.

Die tristen Hallenwände werden mit Gummibaumzweigen und anderem Grün dekoriert, die Wand hinter den Ehrenplätzen erhält farbige Behänge. Girlanden werden kreuz und quer gezogen. Getränke sind beim Eingang zu mannshohen Bauwerken aufgetürmt, unter der Theke zähle ich acht sehr große Säcke mit sehr großen Kartoffeln. In enormen Bottichen wird Stockfisch gewässert, Berge von Fleisch sind in Arbeit. Meine Bewunderung ist ehrlich und grenzenlos. Was sich da dem Auge bietet, ist eine Kreuzung aus Ameisenhaufen und Schlaraffenland.

Rosaria und Matilde sind inzwischen ins Kartoffelschälen eingestiegen, Tische und Stühle für 270 Gäste sind aufgestellt. Es kommen immer mehr Leute, Alte und Junge und natürlich ganz Kleine. Gegen 20 Uhr ist die Suppe fertig, da fällt der Strom aus. Sofort sind Kerzen zur Hand. Kein Mensch regt sich auf. Ein Generator wird quasi aus dem Hut gezaubert. Die Köchinnen haben wieder Licht, und der Fernseher über der Theke kann wieder laufen. Das ist sehr wichtig, denn Bemfica Lissabon spielt. Irgendwann erhält die Halle eine improvisierte Beleuchtung. Den Girlanden an ihren dünnen Drähten ist bei dieser gewagten Hilfskonstruktion eine tragende Rolle „zugefallen". Wenn das mal gut geht!

Es geht sogar sehr gut, wir munkeln nicht länger im Dunkeln, und die Suppe kann endlich geschöpft werden. Für Ziererei ist nach der langen Verzögerung keine Zeit, es geht augenblicklich zur Sache. Ein Gulaschgericht folgt und wird mit Genuss vertilgt. An Getränken und Obst fehlt es nicht. Gegen 22 Uhr abrupter Aufbruch zum Kaffeegang. Unterwegs die Erkenntnis: Ohne Strom kein Bica! Also nach Hause zurück. Nach kurzer Debatte erneuter Aufbruch, man fährt ins Nachbardorf. Bica muss sein. Was bedeuten da zehn Kilometer Autofahrt?

Samstag, 23.12. Der große Tag.
10 Uhr: Friseurtermin, zwei Stunden warten. 12.30 Uhr: Die Prachtfrisuren sind fertig. 13 Uhr: Fahrt zum Haus der Brauteltern.

Üppige Bewirtung in der umgeräumten Waschküche. Die Tafel ist überreich gedeckt. Wetter grausig, Gäste zahlreich und hungrig; großes, feuchtes Gedränge. Die Trauung soll um 14 Uhr beginnen. Außer mir hat es niemand eilig. 14.30 Uhr kann es dann losgehen. Die Kirche ist bis auf den letzten Platz gefüllt. Es wird wunderschön gesungen, andächtig gebetet, danach endlos fotografiert. Ich komme aus dem Staunen nicht heraus. Jetzt gehen wir nämlich nach Hause, um uns umzuziehen. Die Kleidung soll ab sofort schick aber kommod sein, sozusagen der Halle angepasst. Mein Festgewand hat kaum einer gesehen, weil die ganze Zeit der Mantel darüber war. Es ist 16 Uhr, als wir bei strömendem Regen zur Festhalle spazieren.

Tische, Stühle, Gedecke, alles erstrahlt in festlichem Weiß. Drei Teller gehören zu jedem Gedeck, dazu mehrfach Besteck. Ein vierter Teller wird später nachgereicht, vom Dessertgeschirr ganz zu schweigen. Von den zweihundertsiebzig Eingeladenen sind bestimmt zweihundertfünfzig Gäste erschienen und harren der Dinge, die da kommen sollen. Und was da alles kommt!

Der Keyboarder spielt ein schwungvolles Huldigungslied, alle singen und klatschen begeistert mit, die Gummibaumzweige an den Wänden erzittern, mir bebt der hinreißende Rhythmus durch die Rippen. Was da schon vor dem ersten Löffel Suppe förmlich explodiert, ist Lebensfreude pur. Die Ovation gilt dem Brautpaar, das stolz zu seinem prächtig geschmückten Ehrenplatz schreitet. Die männlichen Angehörigen der Köchin haben sich in adrette Kellner verwandelt und rennen, in jeder Hand eine Suppenterrine balancierend, durch die Reihen. Das Mahl beginnt mit Fleischsuppe und Meeresfrüchtesuppe. Es folgt Stockfisch mit Kartoffelpüree und Salat. Danach werden Wirsing, Möhren, Kartoffeln und mehrere Schweinefleisch- und Wurstsorten serviert. Der vierte Gang besteht aus Rinderbraten mit Pommes und Salat.

Zwischen den einzelnen Gängen gibt es in der Nähe des Musikpodiums erste Tanzeinlagen. Väter oder Mütter tanzen mit ihren Kindern oder Babys, eine Kinderpolonaise zieht übermütig durch die Halle. Die Kleineren am Ende purzeln immer wieder durcheinander, weil sie das Tempo der Tete nicht schaffen. Das tut aber dem Vergnügen keinen Abbruch. Aus der Ecke der jungen Leute ertönen sprechchorartige Rufe, begleitet vom drängenden Rhythmus der auf den Tisch hämmernden Löffel. Meine Befürchtungen sind grundlos: Das ist kein Club Fußballrowdys, und es bricht auch kein Streit aus. Das Brautpaar soll sich bitteschön küssen! Die lautstarke Aufforderung wird im Laufe des Abends immer wieder skandiert, auf der Erfüllung wird nachdrücklich bestanden. Donnernder Applaus beschließt jedes Mal die Aktion.

An mehreren Tischen sehe ich brennende Papierservietten, die auf Flaschenhälse gesteckt sind. Dazu ertönt herzerweichendes Schluchzen der meist jungen Männer. Die Erklärung dieses verwirrenden Brauches: Der Wein ist ausgetrunken, ihm wird ein Brandopfer dargebracht, sein Dahinscheiden wird laut beweint. Oder anders herum: Der Kellner hat nicht aufgepasst und wird aufgefordert, auf dem schnellsten Wege volle Flaschen zu bringen.

Auf der vorerst noch kleinen Tanzfläche zelebriert indessen Quim mit dem einjährigen Luis-Manuel einen hinreißenden

Tango. Das Lockenköpfchen ruht am Hals seines Papas, die Musik klingt leidenschaftlich und sehr laut. Der Kleine erschrickt nicht etwa, nein, weit gefehlt, er schläft ein.

Die Schüsseln mit den Resten vom vierten Gang sind noch nicht ganz abgeräumt, da herrscht schon heftiges Gedränge am Dessertbüfett. Schaumiges, Zitterndes, Gebackenes, Gerolltes, Cremiges in endlosen Variationen und lebhaften Farben, in der Mitte ein eleganter Aufbau aus Obst.

Inzwischen ist es 21 Uhr geworden, und die Halle leert sich unvermittelt. Ich stehe vor einem Rätsel, die Lösung heißt „Bica". Ich hätte es wissen müssen! Ein Großteil der Gäste ist zum nächsten Kaffee gerannt, wir rennen hinterher. Das erste Lokal ist überfüllt, rennen wir halt zum nächsten. Was sein muss, muss sein! Nach dem Bica gehen alle zum Fest, das heißt zum Tanzen zurück. Ich bin todmüde und verzichte für heute auf den Rest der Feier.

Sonntag, 24.12.

Es ist Heiliger Abend, und wir gehen zur Messe. Alle sehen sehr fromm aus und singen schön. Danach wieder Festschmaus mit vier Gängen. Natürlich wiederholt sich keine Speise. Heute wird der Bica an Ort und Stelle bereitet.

Im oberen Stockwerk findet an diesem Nachmittag ein Fußballspiel der ledigen weiblichen Gäste gegen die verheirateten Frauen statt. João hat die ehrenvolle Aufgabe, das Match zu filmen.

Am Abend wieder großes Gelage. Nach dem Dessert wird im Eiltempo eine größere Tanzfläche freigeräumt, und auf geht's zum Corridinho. Die Paare rennen und hüpfen wie wild zu einer rasanten Musik kreuz und quer durcheinander. Ein paar Kinder halten wacker mit, werden auch mal umgerannt, was sie aber nicht krumm nehmen. So etwas habe ich noch nie gesehen. Jetzt noch mal jung sein und da mittoben können. Das wär's! Zu meinem Trost tanzen irgendwann Mütter, Omas, Tanten mit den Kindern den albernen Ententanz, und ich werde doch tatsächlich von der kleinen Silvia aufgefordert. Richtig geehrt fühle ich mich.

Der Vater der Braut verwickelt mich in ein ausführliches Gespräch. Er ist viele Jahre zur See gefahren, kennt Hamburg, Bremen und sogar Duisburg. Sein bestes Seemannsenglisch kramt er hervor und ist mächtig stolz auf sein Können. Da ich sprachlich auch nicht viel mehr zu bieten habe, verstehen wir uns prächtig. Mit den Deutschen hat er gute Erfahrungen gemacht. Sein abschließendes Kompliment, ich sei „a good man", macht mich fast ein wenig glücklich. Die Brautmutter will dem nicht nachstehen und bringt ihre Sympathie durch viele kleine Küsschen zum Ausdruck. Sie ist schlecht rasiert, aber lieb. Um 24 Uhr Aufbruch zur Mitternachtsmesse. Ich bin erschöpft und sehne mich nach der Gesellschaft von Hirsch und Tiger in der Kuschelversion.

Montag, 25.12.

Zum Weihnachtsessen sind wir, wie könnte es anders sein, zu Verwandten eingeladen. Ein liebenswürdiges altes Ehepaar hat seine zahlreiche Nachkommenschaft um sich versammelt. Das behagliche Wohnzimmer ist weihnachtlich geschmückt, in einer Ecke ist ein wahrer Berg von Päckchen aufgetürmt.

Die Kinder werden zuerst abgefüttert und beschert, dann setzen sich achtzehn frohgestimmte Erwachsene zum Festmahl nieder. Es ist alles wie schon erlebt, nur noch üppiger und noch herzlicher. Zum Amüsement der Tafelrunde zähle ich die Nachtischsorten. Es sind neun. Ungelogen! Jede

Tochter oder Schwiegertochter hat wohl ihre Spezialität beigesteuert. Ich will niemanden übergehen und probiere alle neun Varianten. Das zierliche Mütterchen geht von Gast zu Gast, streichelt da eine Tochter, neckt dort einen der stolzen Söhne und strahlt vor Glück. Kein Wunder, dass die alten Leute von einer Aura der Zufriedenheit und Harmonie umgeben sind.

Nach dem Essen diesmal kein Bica, sondern Geschenkverlosung. Nümmerchen sind vorbereitet, alle Frauen dürfen eines nehmen. Mir fällt ein Topfhandschuh mit dem plastisch herausmodellierten Gesicht eines Kochs samt Mütze zu. So richtig was zum Dekorieren.

Dann aber doch auf zum Bica! Alle rennen zum benachbarten Kaffee. Dort brennt allerdings kein Licht, und die Gäste stehen vor der Tür. Keiner der in der Familie mehrfach vertretenen jungen Ingenieure hat beim Aufbruch daran gedacht, dass ohne Strom keine Espressomaschine funktioniert. Aber wozu gibt es schließlich Autos? In unserem Kleintransporter sind ungefähr alle Plätze doppelt besetzt. Dahinter, auf den Stehplätzen, einer der jungen Onkels mit Nichten und Neffen. Es geht hoch her mit Reden und Lachen. Im Nachbarort gibt es auch keinen Strom. Also weiterfahren! Hinten singt der Onkel mit den Kindern Weihnachtslieder. Die Stimmung wird immer ausgelassener, die Lieder werden es auch. Heute bringen wir es auf 24 Kilometer bis zum ersten geöffneten Kaffee. Begreifen muss man das nicht, aber miterleben ist sehr schön.

Der Abend gehört wieder der Halle. Nur der harte Kern der Hochzeitsgesellschaft ist erschienen. Die Kleidung ist fast werktäglich, die Frisuren der Damen sind auch nicht mehr das, was sie am ersten Tag waren. Fado-Stimmung hat sich breitgemacht. In der hintersten Ecke knattert und stinkt der Generator. An einem Tisch spielt man ebenso konzentriert wie temperamentvoll Karten. Aufgewärmte Speisen stehen in großen Gefäßen bereit, Selbstbedienung ist angesagt. Die Espressomaschine bleibt kalt.

Für mich gibt's wieder Grund zum Staunen. Unter der Hallentreppe ist mit Decken eine Art Kabine abgeteilt. Dort halten die jungen Eheleute Hof. Man tritt einzeln oder paarweise ein, wird mit Torte und Alkoholischem bewirtet, tauscht Artigkeiten aus und überreicht schließlich das Couvert mit dem Hochzeitsgeschenk. Ich habe mir sagen lassen, dass es viel Geld ist. Zum Abschied wird den Hochzeitsgästen ein eigens von der Braut gebackener Hefe-Hochzeitskranz überreicht, mir auch.

Dienstag, 26.12.

Immer noch Sturmtief, immer noch kein Strom. Das Radio meldet schwere Überschwemmungen in Nordportugal. Seit sieben Wintern hat es nicht so geregnet, sagt man. Wir packen für die geplante Fahrt zur Algarve. Gegen Mittag kündigt ein fotogener Regenbogen besseres Wetter an.

Mittagessen bei Matilde. Joaquims fröhliche Frau demonstriert mir, wie Portugiesen ihre Pellkartoffeln auf dem Teller zerkleinern: Sie hauen mit der Faust drauf. Das schaffe ich auf Anhieb. Mitten im Clementinenpellen und Äpfelschälen der allgemeine Freudenruf: „Das Licht brennt, der Strom ist wieder da!"

17 Uhr Abfahrt: João, Rosaria, Matilde, deren Enkel João-Miguel und Teresa, ich, zwei Koffer, sechs Reisetaschen, Körbe und Kästen mit Obst und Gemüse, große Mengen Trinkwasser und Wein, tausend Plastiktüten mit irgendwas. Oma abholen, weiteres Gepäck verstauen. João erledigt alles mit Engelsgeduld und großem Geschick.

Sechs Stunden Fahrt. Anfangs hinter mir Balgerei und Lachen mit den Kindern, später das eine oder andere Schläfchen. Als es draußen dunkel ist, andächtiges Rosenkranzgebet von Mutter und Töchtern. Die murmelnden Stimmen, die einander wie Rede und Gegenrede ablösen, klingen wie eine vertraute Musik aus fernen Tagen. Sehnsucht nach der verlorenen Kinderfrömmigkeit schleicht sich in mein Herz. Ich falte meine Hände, will auch dazugehören. Die Kinder sind mucksmäuschenstill. Ob sie auch die Hände gefaltet haben? Der Motor summt geduldig bergauf und bergab, ein großer silberner Mond sieht ab und an durch mein Seitenfenster. Ich fühle mich geborgen in diesem rollenden Gehäuse voll Wärme und Harmonie.

Um 20 Uhr Kaffeepause in einem Hyper-Mercado. Die Hausfrauen kaufen wieder mal eifrig ein. Stockfisch und Käse fehlen noch, zwei wirklich schöne Schals werden erstanden. Die Großmutter wartet geduldig im Lieferwagen.

Ankunft um 23 Uhr. Haus und Grundstück sind großzügig konzipiert, die Wohnräume behaglich mit viel Mahagoni, Marmor und Nippes ausgestattet. Immer wieder Nippes. Das Verblüffendste, was mir hier unterkommt, ist ein hochelegantes Paar schwarzweißer Porzellan-Herrenschuhe, Modell zwanziger Jahre, das zwischen WC-Schüssel und Bidet ab- beziehungsweise aufgestellt ist. Bei näherem Hinsehen stellt sich heraus, dass die Luxustreter einen Baufehler kaschieren sollen: Ein Abflussloch ist an der falschen Stelle platziert und nachträglich zuzementiert worden.

Das Kühnste aller vorhandenen Kunstwerke ist zweifellos ein kurvenreiches Abendkleid ohne Trägerin. Das Material ist fliederfarbenes Porzellan. Die Skulptur steht in aufreizender Pose auf dem Kaminsims neben verschiedenen Plastik- und Plüschtierchen und ist wohl als Blumenvase gedacht. Man kann aber auch ein Küchenhandtuch darunter festklemmen, damit es am Kaminfeuer trocknet.

Erkenntnis Nummer eins: Ich begreife, welche Mühe es Rosaria jedes Mal kostet, aus den spärlich in meinem Badezimmer vorhandenen Fläschchen und Dosen ein einigermaßen befriedigendes Arrangement zu zaubern. Für meine Begriffe gelingt es ihr immer wieder, und zwar jedes Mal anders.

Erkenntnis Nummer zwei: Wer gibt uns sachlichen Nordeuropäern eigentlich das Recht, unsere Maßstäbe für guten Geschmack in anderen Ländern mit einer aus ganz anderen Wurzeln gewachsenen Kultur anzulegen? Was den Baumeistern und Künstlern der Manuelischen Epoche an Prachtentfaltung recht war, muss ihren sinnenfrohen Nachfahren billig sein. Was schadet's, wenn die Pracht manchmal tatsächlich billig ist?

Aber zurück zum Haus im Vale da Telha: Alles hier sieht so portugiesisch wohlhabend aus – und ist jetzt so jämmerlich feucht. Heute heißt es nur noch Ausladen, Imbiss, Bett. Unten läuft der Fernsehapparat. Die mitgebrachte deutsche Satellitenschüssel tut ihre Pflicht, man empfängt RTL. Von nun an wird von morgens bis abends nebenher oder auch hauptsächlich ferngesehen.

Am Mittwoch, 27.12.,

ist Hausputz angesagt. Nachmittags Fahrt nach Aljezur. In meinem Bauch rumpelt und kneift es. Trotz Warnung habe ich gestern Leitungswasser getrunken. Mal abwarten! Und Tabletten gegen Darminfektionen einnehmen. Das hilft tatsächlich, am Abend geht es mir wieder gut. Nur mit meinem Bettzeug habe ich Probleme. Das ist so klamm, dass ich beschließe, im Pullover schlafen zu gehen.

Donnerstag, 28.12.

Strahlender Sonnenschein. Unsere Wäsche flattert im warmen Wind, alle Fenster und Türen stehen weit offen, die Frauen haben die Strümpfe weggelassen. Im Haus ist es nur noch halb so feucht. Alle strahlen, die Kinder bekommen ihre „Spargetti" auf der Terrasse serviert. Der Hibiskus vor dem Haus macht sich mit pinkfarbenen Blüten wichtig. Ich muss ihn fotografieren.

Am Nachmittag treffen die Besitzer des Nachbarhauses ein. Der Mann groß, sehr stattlich, kluge braune Augen, selbstbewusstes Auftreten. Er soll sehr reich sein. Seine Frau klein, graumeliertes Haar, alles an ihr ist sehr kurz und sehr rund. Zum Abendessen sind sie selbstverständlich bei uns. Fischsuppe (ich durfte die Fische entgräten), wunderbare, in Olivenöl ausgebackenen Croutons, Käse, Schinken und so weiter.

Freitag, 29.12.

Am Morgen warmer, weicher Waschküchenwind, nachmittags neues atlantisches Sturmtief. Regen wie Sturzbäche. In mein Zimmer und in die Kleidung kehrt die Feuchtigkeit zurück, in die Gelenke das Reißen. Portugal im Winter ist schon eine ziemlich feuchte Angelegenheit.

Einladung zum Mittagessen bei der Nachbarin, Senhora Natália. Bauernsuppe, würziger Reis, gebratene kleine Fische, Carapau genannt. Die Fischlein werden mit den Fingern gegessen, die Köpfe mit Genuss mitverspeist. Das mit den Fingern gefällt mir, aber Fischköpfe sind nicht mein Ding. Wenn sie mich nicht so treuherzig ansehen würden, könnte ich mich vielleicht überwinden. Auch hier wie bei allen anderen Fischmahlzeiten wird mir bedeutet, dass ich aufpassen solle wegen der Fischgräten.

Nach dem üppigen Essen wird Tresterschnaps oder Kakaolikör getrunken. Und auf geht's zum Bica. Schirme nicht vergessen. Gemütliche Kaminrunde im noblen Restaurant. Hier bin ich vor neun Jahren mit meinem Mann eingekehrt. Erinnerungen an die verlorene Zweisamkeit steigen auf. Ich weiß, warum ich solche Gelegenheiten meide. Sie tun mir nicht gut.

Am Nachmittag kommt Natália herüber, und die Frauen spielen ein Kartenspiel, das „bisca de três" heißt und den Beteiligten viel Spaß macht. Der Fernseher läuft, das Kaminfeuer brennt, die Kinder balgen sich, draußen heult der Sturm. Nach dem Nachmittagstee mit viel Süßem spielen die zwei Männer und die vier Frauen mit Hingabe Lerpa, ein offensichtlich komplizierteres Kartenspiel. Die Großmutter mischt munter und erfolgreich mit.

Um 20 Uhr plötzlicher Wechsel zum Nachbarhaus, schon wieder essen. Zwei weitere Gäste haben sich eingefunden. Diesmal wird unter anderem am Kaminfeuer gerösteter Speck gereicht, einfach köstlich. Nach dem Mokka kneifen wir vor der nächsten Kartenrunde, denn es soll richtig gezockt werden. Rein ins feuchte Bett, man gewöhnt sich dran. Und krank bin ich ja immer noch nicht.

Samstag, 30.12., Abreisetag

In der Frühe Handwerkslärm im Haus. João wechselt die Gasflasche aus; heute kann ich ein Bad nehmen. Unten herrscht schon Hochbetrieb. Die Kinder toben, der Backofen wird angeheizt, eine mächtige irdene Schüssel mit Brotteig steht beim Kamin, Mittagessen in beachtlichen Mengen wird vorbereitet. João hat junge Pinien besorgt und muss sie unbedingt einpflanzen. Die Tafel wird auf achtzehn Plätze erweitert. Ich fange an, an meiner pünktlichen Abfahrt zu zweifeln. Spätestens um 18 Uhr muss ich am Flughafen in Lissabon sein.

Das Mittagsmahl mit all diesen lebensfrohen, liebenswürdigen Menschen ist der krönende Abschluss meiner Winterreise. Gemeinsam wird angerichtet und im Eiltempo aufgetragen. Das frische Brot ist noch lauwarm, Berge von Gemüse, Kesselfleisch und Wurst werden genüsslich verputzt, die lautstarke Unterhaltung findet gleichzeitig in Portugiesisch, Englisch und Deutsch statt. Dem Fernsehansager scheint es die Sprache verschlagen zu haben. Jedenfalls ist in dem bunten Stimmengewirr nichts mehr von ihm zu hören. Während die anderen dem noch ofenwarmen Schokoladenkuchen zusprechen, brechen wir auf. Einer der Gäste stellt seinen schicken französischen Pkw zur Verfügung, damit wir nicht mit dem Lieferwagen losbrettern müssen. Viele letzte Küsschen und allerletzte „Obrigados".

Das Flugzeug startet pünktlich um 18.50 Uhr. Die Nacht ist schon hereingebrochen, und Lissabon liegt unter uns mit seinen zahllosen Lichtern wie ein riesengroßes, prächtiges Juwel. Die Straßenlampen gleichen kreuz und quer gespannten goldenen Perlenschnüren. Die Halogenscheinwerfer der Plätze funkeln wie Diamanten, langsam fahrende Autos ziehen zarte Lichtfäden durch Straßen und Gassen. Es ist ein Anblick von makelloser Schönheit. Mir wird ganz andächtig zumute. Am nachtschwarzen Himmel ein Streifen Licht, golden und rosa zerfließend. Ein letzter Gruß der scheidenden Sonne? Nach zwei Wochen Portugal fürs Herz bin ich in der Stimmung, mehr darin zu sehen.

Wir haben Kurs Nord genommen, die Schwimmwesten sind vorgeführt. Der Flugkapitän teilt mit, dass in Düsseldorf mit Schneetreiben und Glatteis zu rechnen ist.

Das hab' ich versprochen

Die Landschaft liegt im milden Licht eines Spätsommerabends, als ich zur Klinik am Rande unserer Stadt fahre. Die Krankenhausseelsorgerin hat um die Hilfe unserer Hospizgruppe für den Abend und die Nacht gebeten. Eine Patientin, Mitte vierzig, werde wohl die Nacht nicht überleben, und der Ehemann könne nicht länger bleiben. Er wolle mich aber kennen lernen.

Als ich – wie immer mit Herzklopfen – das Krankenzimmer betrete, meine ich, mich in der Zimmernummer geirrt zu haben. Es stehen nämlich zwei Betten im Raum, und beide sind belegt. Das ist in diesem Haus nicht üblich. Aber ich habe mich nicht geirrt. Da ist der todtraurige Ehemann, der mir schweren Herzens den Platz am Bett seiner Frau überlässt, nachdem wir ein Weilchen geredet und uns verstanden haben. Der Ehemann geht, ich stehe verwirrt und ratlos vor der ungewohnten Situation.

Erst mal die Bettnachbarin begrüßen, mich vorstellen, fällt mir ein. Die Leidensgefährtin – sie heißt Rita und ist ungefähr so alt wie die Sterbende – überfällt mich mit einem Redeschwall. Seit vielen Wochen sei sie mit Anna, ihrer Freundin, zusammen, vom ersten Tag an haben sie sich gegenseitig geholfen und immer gut verstanden. Sie habe ihrer Leidensgefährtin versprochen, sie nie im Stich zu lassen. Ja, und jetzt, wo es Anna so schlecht gehe, habe sie es abgelehnt, in ein anderes Zimmer verlegt zu werden.

Ganz durcheinander ist sie in ihrem Kummer und ihrer Angst. Von ihrer eigenen dramatischen Krankengeschichte erzählt sie, ich begreife ihre Not und weiß nicht, was ich sagen soll. Ich weiß überhaupt nicht mehr weiter. Mein ganzes, schönes theoretisches Wissen lässt mich im Stich. Wie soll ich ruhig und gesammelt für die Sterbende da sein, wenn aus dem Nebenbett fast pausenlos aufgeregte und ängstliche Fragen und Kommentare kommen? „Aber sie stirbt doch noch nicht? Da muss doch was gemacht werden! Soll ich die Schwester holen?" So geht das mit kurzen Unterbrechungen immer weiter.

Ich weiß mir keinen Rat, wünsche mir ein großes, dickes Gebetbuch, das ich mir vor's Gesicht halten könnte, einmal um der Nachbarin meine Absicht, zu beten, zu signalisieren, vor allem aber, um meine Gedanken mit Hilfe von Psalmen und vorgegebenen Gebeten doch noch zur Sterbenden zu bringen. Groß gedruckt müsste es sein, damit man es auch in der Dämmerung oder bei Kerzenlicht lesen könnte, und die Texte müssten Vertrauen und Zuversicht gegen die Not und Angst des Sterbens schenken.

„Haben sie Durst? Soll ich ihnen Sprudel besorgen", holt mich Rita aus meinen Gedanken. „Ja, sehr gern", antworte ich in der Hoffnung, wenigstens ein Weilchen mit „meiner" Patientin allein zu sein. Das Mineralwasser ist schnell besorgt, und es geht weiter wie vorher. „Übrigens, die Schwester hat gefragt, ob Sie Kaffee möchten", teilt mir Rita mit. O ja, ich möchte gern Kaffee haben. Auch diesmal geht es viel zu schnell.

Als die total verunsicherte Bettnachbarin meint, sie würde jetzt den Fernseher einschalten, sie hätte ja Kopfhörer, stimme ich mit gemischten Gefühlen zu. Von da an huschen über unseren Köpfen lautlos die bunten Bilder des Sonntagabendprogramms über den Bildschirm. Annas Freundin schaut zu, und es ist endlich so etwas wie Stille eingekehrt.

Die Atemzüge der Sterbenden werden bald von langen Klagelauten begleitet, ich spüre und sehe, dass es zu Ende geht. Rita nimmt ihre Kopfhörer ab, um mich daran zu erinnern, dass mein Kaffee kalt wird. „Nicht wichtig", gebe ich ihr zu verstehen. Ich zünde die Kerze an, die noch vom Besuch des Geistlichen da ist, und versuche, mich nicht mehr beirren zu lassen. „Aber sie stirbt doch jetzt nicht? Wir müssen aber die Schwestern holen, die müssen ihr doch helfen."

Ich bitte Rita – diesmal ziemlich bestimmt – ihre Kopfhörer wieder aufzusetzen, sonst könne sie sicher die ganze Nacht nicht schlafen. Anna hat aufgehört zu klagen, ihr Körper entkrampft sich mit einem spürbaren Ruck, ihre Augäpfel sind nicht länger nach oben weggedreht. Ihr Blick sagt mir, dass sie sich auf den Weg gemacht hat. In meiner Not stelle ich mich hin, mache das Kreuzzeichen und bete laut und langsam das Vaterunser.

Rita legt ihre Kopfhörer zur Seite. Ganz aufrecht sitzt sie in ihrem Bett und betet andächtig mit. Während wir das „Gegrüßet seist du Maria" und „O Herr, gib ihr die ewige Ruhe" sprechen, tut Anna ihren letzten Atemzug. Rita will die Schwester holen, ich rede ihr zu, an das Bett der Freundin zu kommen und Abschied zu nehmen.

Rita zittert und schluchzt, steht da wie ein kleines Mädchen. „Anna, du hast es geschafft, dir geht es jetzt gut", schnieft sie. „Du bist jetzt beim lieben Gott, und da will ich ja auch hin, und dann sehen wir uns wieder. Ganz bestimmt", verspricht sie. Jetzt ist es an mir, zu weinen.

Ich halte Rita im Arm, und um sie zu trösten, sage ich leise: „Das haben sie jetzt aber sehr schön gemacht." Sie seufzt: „Sie aber auch." Und nach ein paar Minuten fällt ihr ein: „Jetzt muss ich die Schwester holen und die Ärztin und den Mann anrufen, das habe ich versprochen." Diesmal lässt sie sich nicht aufhalten.

Während die Ärztin das Ihre tut, gehe ich in die Eingangshalle, um die für die Nachtwache eingeteilten Freundinnen zu verständigen.

Wieder auf der Station, kommt mir eine der Schwestern entgegen. „Sie haben ihren Kaffee nicht getrunken", erinnert sie mich, schiebt mich in das Schwesternzimmer und zeigt mir, wo frischer Kaffee und alles, was dazu gehört, zu finden ist. Wenn die Verstorbene aufgebahrt ist, will sie mir Bescheid sagen.

In dem schwach erleuchteten Zimmer, in das ich gebeten werde, sehe ich eine fremde Anna wieder. Die Schläuche sind weg, die Schwestern haben ihr ein bunt kariertes Nachthemd angezogen, sie ist schön gekämmt, und ihr vorher so gequältes Gesicht sieht jung und friedlich, fast verklärt aus.

Auf dem Nachttisch steht ein schöner Blumenstrauß, die Kerze brennt, davor liegt das kleine, stilisierte Kreuz, das der Geistliche am Nachmittag dagelassen hat. Daneben sind zwei kuschelige Teddys aufgebaut, hinten ein großer, dicker, davor ein kleiner, weißer in einer Latzhose, auf die das Bekenntnis „Ich bin kitzelich" gestickt ist.

Teddybären als Totenwache. Der Anblick irritiert mich. Vielleicht ist ja der Ehemann kitzelig, und der dumme Spruch ist eine Botschaft aus glücklicheren Tagen, die nur die Beiden verstehen? Das wäre eine Erklärung. Aber was weiß ich schon vom Schicksal dieser Frau, der ich in den letzten Stunden ihres viel zu kurzen Lebens beistehen durfte, so gut es ging.

Draußen ist es längst dunkel geworden, als wir beide doch noch unsere stille Stunde miteinander haben.

Zu Risiken und Nebenwirkungen fragen Sie Ihren Arzt oder Apotheker

Eigentlich hatte ich mir alles ganz anders vorgestellt, und am meisten ärgere ich mich über mich selbst. Ich habe mich mal wieder überfahren lassen. Das passiert mir nur bei Ärzten. Am weißen Kittel kann es nicht liegen. Diesmal hatte er keinen an.

Ort der Handlung: die überdimensionierte Praxis meines Orthopäden

Personen: Dr. A., der für sein rasantes Arbeitstempo stadtbekannte Gründer der Praxis,

Dr. B., über den ich nichts sagen kann, weil ich ihn nicht kenne,

Dr. C., ein sympathischer Nachwuchsmediziner,

die Assistentin, eine mediterrane Schönheit mit edlem goldenem Armschmuck und den klugen Augen der Scheherezade,

und ich mit meinem desolaten Bewegungsapparat.

Dr. C. hat in den vergangenen Wochen sein Bestes und immer wieder Cortison gegeben, um meine gemeinen Kreuzschmerzen in den Griff und mich auf die Beine zu bekommen. Heute soll die entscheidende Besprechung mit Dr. A., dem Retter der Krummen und Lahmen, stattfinden.

Vierzig Minuten Aufenthalt im gut besuchten Wartezimmer. Der Fernsehapparat bietet die Wiederholung der Schlagerparade der Volksmusik vom vergangenen Montag. Stramme Damen und Herren im Dirndl oder Pseudo-Trachtenanzug besingen mit großem Gefühlsaufwand die Heimat, die Liebe, das Mütterlein und alles, was dem deutschen Menschen heilig zu sein hat.

Plötzlich fordert mich eine Lautsprecherstimme auf, in das Sprechzimmer vier zu gehen. Während ich dort warte, eilen abwechselnd und in beachtlichem Tempo die Doktores B. und C. durch den Raum. Jetzt wird mir klar, warum es hier drei Türen gibt. Die beiden Herren haben beneidenswert schmale Hüften, was durch die gutsitzenden weißen Praxishosen vorteilhaft betont wird. Bei solchen Voraussetzungen würde ich doch auch keinen Kittel anziehen!

Dr. A. erscheint. Er trägt eine Art Plastikschürze, knallrot, irgendwie störrisch. Es ist anzunehmen, dass er direkt von einer bedeutenden Verrichtung zu mir geeilt ist. Blutspuren kann ich nicht erkennen. Nach knapp gefasster Schilderung meiner Leiden und einer ersten kurzen Untersuchung der einsehbare Beschluss, erst mal die Problemzonen zu röntgen.

Wieder Wartezimmer, immer noch Andy Borg und seine krachledernen Stars. Röntgen wie üblich, wieder Wartezimmer. Immer noch Heimatliebe im Dreivierteltakt. Irgendwann Stimme aus dem Lautsprecher: „Frau S. bitte in Zimmer vier." Wieder warten. Dr. A. erscheint, diesmal ganz in Weiß. Er studiert die Röntgenbilder. Das unheilschwangere Wort „Schicksalsstunde" schwirrt durch meinen Kopf, macht mir Herzklopfen, lässt sich als flaues Gefühl im Magen nieder.

Bei meinen Brustwirbeln gibt es eine lateinische Beanstandung, ich bitte um die deutsche Version, sie lautet „ziemliches Hohlkreuz". Die Hüftgelenke sehen überhaupt nicht gut aus. Andererseits war da heute ein Pfarrer, dessen Hüften noch viel schlimmer aussahen, und der noch acht Kilometer (oder waren es Stunden?) an einem Stück wandert. Wirklich erstaunlich!

Ich soll mich ausziehen und auf die Liege legen (Wohin denn sonst?). Ich nehme unter dezentem Stöhnen die Waagerechte ein, da klingelt das Telefon. Ein Kollege ist an der Leitung. Man plant offenbar eine große Sache mit Vorträgen und Podiumsdiskussion. Am besten im November. Acht Wochen Vorbereitung braucht man schon. Namen von Prominenten aus Politik und Medizin werden genannt. Bei den Medizinern sollte man doch lieber auf Kollegen am Ort zurückgreifen, das ist effizienter. Von Schultern versteht zum Beispiel der Gesprächspartner eine Menge. Da soll der dann zum Zuge kommen und so weiter und so fort.

Ich würde gerne diskret den Raum verlassen, aber ich liege ja auf diesem frotteebezogenen Plastikpolster, mit nichts bekleidet als einem Slip, Schiesser Feinripp, Größe 42, und Kniestrümpfen, rehbraun mit zarten Tüpfchen. Bei meinem Alter muss das ein Anblick voller Liebreiz sein. Irgendwann beschließen die Herren, das Gespräch am Abend fortzusetzen, und mein Doktor gehört mir – meine ich immer noch. Ich wage die Anregung, meine Brustwirbel mittels Chiropraktik in die vorschriftsmäßige Position zurückzuversetzen.

Die entsprechenden Bemühungen tun zwar weh, aber das erlösende Knacken bleibt aus. Der Doktor murmelt etwas von „zu verspannt", ich erwidere im Geiste: „Wenn Du eine Viertelstunde nackt auf diesem kalten Gestell liegen müsstest, wärst du anschließend auch verspannt."

Jetzt wird die Beweglichkeit der Hüftgelenke getestet. Da ist nicht viel zu wollen. Mein Orthopäde demonstriert mir mit eleganten Bewegungen, wie beweglich seine Hüftgelenke in jeder Richtung sind. Ich fange an, Schuldgefühle ob meiner diesbezüglichen Beschränktheit zu entwickeln und erwähne – wie zu meiner Entschuldigung – dass die erlernten Übungen zur Förderung der Hüftbeweglichkeit bei mir jedesmal Beschwerden im Lendenwirbelbereich nach sich ziehen.

Dazu sagt er nichts, denn jetzt hat er eine glorreiche Idee: „Wir sklerosieren jetzt Frau S.", teilt er seiner stumm im Hintergrund agierenden Assistentin mit. Mich fragt er nicht. Eigentlich wollte ich über das Für und Wider dieser Maßnahme mit ihm reden, mir Bedenkzeit nehmen. Dafür war der heutige Termin gedacht. Mein Einwand „Aber ich will am Monatsende verreisen!" wird mit der Mitteilung vom Tisch beziehungsweise vom Sofa gefegt, dass wir das jetzt zweimal wöchentlich machen und dann längst fertig sind.

Die Assistentin fragt nach dem Prozentanteil der zu spritzenden Traubenzuckerlösung, ich gestehe, dass ich Angst habe, und schon geht es los: Desinfektionsmittel wird aufgesprüht, mit flinken Fingern die Wirbel abgetastet und hinein mit der Nadel. Ich leide. Der Mensch am anderen Ende der Spritze ist frohen Mutes, pfeift gekonnt das Lied an Elise.

„Was kann denn Beethovens Elise dafür", frage ich mich in meinem Elend. Soll er doch „Ich bin der Doktor Eisenbart" intonieren oder je nach Alter des Patienten auch schon mal „Näher mein Gott zu dir". Ruckzuck sind die Einstiche verpflastert. Mit der Ankündigung „Die weitere Behandlung führt Dr. C. durch" überlässt er mich meinen Zweifeln und der sanften Assistentin.

Die rät mir, mich in Ruhe anzuziehen und mir unbedingt für Montag und Donnerstag Termine geben zu lassen. Diese tüchtige junge Frau könnte mir sicher die offen gebliebenen Fragen beantworten: Wo und warum will ihr Chef nochmals mittels Kernspin nachsehen, wie er das im Nebensatz angedeutet hat? Was für ein Mittel meinte er, das den Knorpelaufbau fördert, das aber die Krankenkasse nicht bezahlt? Und welche Risiken bringt die heute begonnene Therapie, die ja die Versteifung der Lendenwirbel zum Ziel hat, mit sich?

Ich frage sie nicht, denn sie darf mir nicht antworten. Vielleicht sollte ich den hurtigen Nachfahren des Hippokrates einfach anrufen. Am Telefon nimmt er sich ja Zeit.

Alte Frauen

Weil ich fast acht Stunden für die Strecke Hattingen-München brauche, reise ich einen Tag vor Seminarbeginn an. Am Morgen die Nachricht: Mein Koffer ist immer noch nicht in München. Meine ganze schöne, über Jahre anmeditierte Gelassenheit lässt mich im Stich. Schnell eine Reservezahnbürste, Wäsche und sonstigen lebensnotwendigen Kram einpacken, ein allerletztes vergebliches Telefonat mit dem Postservice, dann aufgeregter Aufbruch nach Alte-Leute-Art.

Vierzig Minuten S-Bahnfahrt, alle Toiletten sind abgeschlossen. Wie soll der Mensch da cool bleiben? In Mülheim den reservierten Intercity-Fensterplatz suchen. Zwei Damen sitzen in meinem Abteil. Dunkle Ahnungen befallen mich: Ich weiß ja, dass ich alt bin, aber die da sind uralt. Mir stehen öde Stunden bevor. Mein Gegenüber liest mit Hilfe einer Leselupe das Apothekerblättchen, die andere Reisegefährtin löst Kreuzworträtsel in einer Illustrierten. Alles kriegt sie offensichtlich nicht raus. Wie auch! Neben den Beiden komme ich mir richtig flott, beinahe jung und dynamisch vor.

Es dauert keine fünfzig Kilometer, da bin ich in ein lebhaftes Gespräch mit meinen Abteilnachbarinnen vertieft. Genau genommen brauche ich gar nicht viel zu sagen: Die Dame links von mir, sie ist sechsundachtzig und eine blitzgescheite Kohlenpottfrau, erzählt ein Döneken nach dem anderen. Ganz nebenbei erfahre ich ihre beeindruckende Lebensgeschichte. Wir lachen viel, fühlen uns verstanden, amüsieren uns über unsere übereinstimmenden Problemchen mit unseren erwachsenen Kindern, helfen uns beim Kampf mit den ausklappbaren Tischplatten, verpassen keine Gelegenheit zu kleinen Frotzeleien.

Von Frankfurt-Flughafen bis München-Hauptbahnhof ist dann richtig Stimmung in unserem Abteil. Beim Abschied versichert mir die clevere Ruhrgebietsoma: „Wissen Sie was, Sie haben ganz recht, das schreibe ich jetzt mal alles auf. Mein Enkel hat sich das schon lange gewünscht!"

Mein ausgewachsenes Vorurteil gegenüber den ganz Alten steigt mit ihr aus. Und meine heimliche Angst vor dem Noch-älter-werden auch. Für heute jedenfalls.

Späte Romanze

Seminar beim Großmeister des Kreativ-Schreibens, Jürgen vom Scheidt, in München. Außer mir neun Damen, alle jung bis Mittelalter, und zwei Herren, der eine gerade sechzig, der andere so alt wie ich, also zweiundsiebzig. Schon in der ersten Gesprächsrunde lehnt mein Altersgenosse, er heißt Siegfried und kommt aus Oberfranken, sich mächtig aus dem Fenster, zitiert ausführlich Hesse und Rilke, kennt seinen Schopenhauer und zeigt sich als Mann von hoher Bildung. Dabei sieht er gut aus. Imponierende, sportliche Erscheinung, Outfit seminargemäß. Erste Sympathiebekundungen seinerseits in meine Richtung. Ich fühle mich geschmeichelt.

Zwei Tage später, die Sonne scheint endlich vom bayerisch weiß-blauen Himmel, wird die Aufgabe gestellt, einen/eine Seminarteilnehmer/in schriftlich zu porträtieren. Ohne Zögern ergreift der forsche Siegfried die Initiative. Unbedingt mich will er beschreiben, und mit mir will er mittags zum Essen gehen. Er weiß auch schon wohin, nämlich ins elegante Seehaus im Englischen Garten. Zum Amüsement der Anwesenden legt er sich mächtig ins Zeug.

Fürs Erste ist die gegenseitige Personenbeschreibung zu erstellen und vorzulesen. Mein Gegenüber spart nicht mit Komplimenten. Er tauft mich „Bella Ella" und bedenkt mich und mein Äußeres mit sehr schmeichelhaften Umschreibungen. Ob ich will oder nicht, ich bin beeindruckt von so viel Bewunderung.

Mein Vorsatz, nicht in den Englischen Garten mitzugehen, gerät ins Wanken. Als es so weit ist, ziere ich mich, wie es sich gehört, behaupte, mit meiner Freundin Evdoxia gehen zu wollen. Die lässt mich im Stich, hat plötzlich wichtige

Pläne für die Mittagspause. Vom sichtlichen Wohlwollen aller Anwesenden begleitet, rauschen wir, zwei deutlich angejahrte Möchtegern-Literaten, in Richtung Englischer Garten davon.

Auf dem Weg durch den frühlingsgrünen Park bemüht sich mein Begleiter, allerlei Übereinstimmungen zwischen uns Beiden zu entdecken. Die reichen vom gemeinsamen Sternzeichen über das Interesse an der Hospizidee und die Tatsache, dass wir beide verwitwet sind, bis zur sozusagen gemeinsamen Hüftprothese, Modell „hybrid". Zu meiner Genugtuung stelle ich fest, dass mein Kavalier genau so schlecht zu Fuß ist wie ich. Die Erwähnung dieser Gemeinsamkeit erspare ich ihm.

Auf der stark frequentierten Terrasse des Seehauses wählt Siegfried einen erhöht platzierten Zweiertisch, der gut zu beobachten ist. Das werde ich noch bedauern. Er bestellt beim distinguiert agierenden Ober Regensburger Würstchen auf Sauerkraut und eine Flasche Weizenbier. Ich entscheide mich, weil's so schön bayerisch klingt und an Karl Valentin erinnert, für Rahmschwammerl mit Semmelknödeln. Die ganze Zeit mache ich mir Gedanken, wie ich meinem Gegenüber am taktvollsten beibringen könnte, dass ich meine Zeche selbst zu zahlen gedenke.

Die Getränke werden aufgetragen, mein Galan moniert laut, wieso sein Bier im Glas serviert werde, er habe schließlich eine Flasche bestellt. Aber es soll noch peinlicher kommen. Als Würstl und Kraut gebracht werden, tönt Siegfried, wieso kein Brot dabei sei, und das bei diesen Preisen. Eine mir schräg gegenüber sitzende Dame schenkt mir verständnisinnige Blicke. Ich blicke zurück. Auch verständnisinnig und nicht zum letzten Mal.

Der Ober zieht sich auf unnachahmlich dezente Art zurück und erscheint alsbald mit einem Körbchen voll Brot und einem irdenen Senftopf. Siegfrieds Frage, ob dieses Brot etwa zusätzlich berechnet werde, beantwortet der smarte Ober mit einem angewiderten: „Selbstverständlich nicht, der Herr!" An den benachbarten Tischen kommt langsam Freude auf. Ich beschließe, das Beste aus der Situation zu machen, nehme feierlich den Deckel vom Senftopf und bemerke honigsüß lächelnd: „Und Senf ist auch genug da."

Nachdem dieses geklärt ist, nimmt mein Verehrer das Gespräch über unsere Schreibaufgabe auf. Wir sollen unser am Vormittag porträtiertes Gegenüber zum Hauptverdächtigen eines Krimis machen. Der oder die Schreibende soll die Position eines Detektivs oder Kriminalbeamten einnehmen, der den Fall zu klären und deshalb den oder die Verdächtige zu observieren hat. Im Laufe der Handlung soll die Hauptperson sich sinnlos betrinken, wodurch der Fall überraschend schnell aufgeklärt werden kann.

Mein Observierer, der reizende Siegfried, entwickelt vor seinem geistigen Auge eine Handlung, in der ich als unschuldiges, geradezu edles Opfer einer Intrige dastehe. Richtig in Eifer redet er sich. Die um uns herum tafelnde Münchner Schickeria hört gebannt zu. Man versteht bei dieser Lautstärke garantiert jedes Wort.

Jetzt bin ich an der Reihe mit meinem Plot, meint Siegfried. Aber da irrt er. Ich weiß schon in groben Zügen, wie ich ihn als Hauptverdächtigen überführen und vom Sockel stürzen werde, aber das geht ihn jetzt noch nichts an. Ich lächle rätselhaft wie Mona Lisa und verrate nichts. Kurze Pause.

Mit einem Mal sieht Siegfried unterm Nachbartisch eine leicht zerknitterte Tortenspitze liegen. Ohne ein Wort der Entschuldigung stolziert er zum Nachbartisch, angelt zwischen den Beinen der sichtlich irritierten Herrschaften nach dem Fundstück und legt es auf den Tisch. Schließlich glättet er sorgfältig das Papier und beschwert es mit dem geräumigen Aschenbecher.

Das so bedachte Paar ist sprachlos. Nicht so der Retter der Tortenspitze: „Die lag auf der Erde, und da gehört sie nicht hin", erklärt er seine Aktion. „Eben weil sie auf der Erde lag, gehört sie hier nicht hin", kontert die Dame. Es ist die mit den verständnisinnigen Blicken. Worauf dem schönen Siegfried nichts besseres einfällt als: „Wir stammen aus der Generation, die noch Ordnung und Sparsamkeit gelernt hat."

Wie treu er sich an diese Prinzipien hält, soll sich bald herausstellen. Noch während mein Kavalier den Kellner herbeiwinkt, erklärt er mir, er könne sich heute leider nicht generös zeigen, weil wir ja sozusagen dienstlich unterwegs seien. Ist das der selbe Herr, der noch vor einer halben Stunde im Brustton der Überzeugung versichert hat, dieses sei hier und heute der schönste Ort und die schönste Stunde, die ihm in München beschert wurde? Mir bleibt nur die Erwiderung, dass ich mich eh nicht hätte einladen lassen. Das kann er jetzt glauben oder nicht.

Aber es kommt noch besser: „Die Serviette nehme ich immer mit. Ich brauche schon jahrelang kein Klopapier mehr zu kaufen. Sooo einen Stapel habe ich schon zu Hause", belehrt mich mein Begleiter, als wir aufbrechen wollen und verstaut seine Beute in der Brusttasche.

Seitdem ich in die Jahre gekommen bin, hole ich vor giftigen Bemerkungen erst einmal tief Luft. Das hat sich schon oft bewährt und erspart mir eine Menge Ärger. Ich atme also tief durch und beschließe, kommentarlos aus dem Projekt „Späte Romanze" auszusteigen. Ich hätte es wissen müssen: Wer mein Aussehen in solch enthusiastischen Tönen preist, muss eine Macke haben.

Hallo, kleine Oma

Ich hätte einfach nicht aufhören sollen, meine Haare zu färben. Mit meiner dezent dunkelaschblonden Kurzhaarfrisur wurde ich von meinen Mitmenschen als normaler Mensch im Vollbesitz seiner geistigen Kräfte angesehen. Das hat sich geändert, seitdem ich der Natur ihren Lauf und den Haaren ihre Farbe lasse. Schlohweiß wird in alten Märchen das genannt, was jetzt in schlichten Wellen mein Haupt ziert. Seitdem ich mich weißhaarig in der Öffentlichkeit bewege, werde ich nicht mehr ernstgenommen. Diese schmerzliche Erfahrung muss ich immer wieder machen.

Einen Vorgeschmack darauf lieferten ein paar kesse Rutschbahnhelden, die mir ein fröhliches „Hallo, kleine Oma!" zuriefen, als ich am Spielplatz vorbeikam. Das amüsierte mich noch, denn sie hatten ja recht. Ich messe mit Blockabsatz stolze 1,59 m.

Dagegen war der Zuruf „Hallo Blondchen!" aus einer Gruppe vorpubertierender Skateboardfahrer schon nicht mehr als Kompliment zu deuten. Ich beschloss, den Flegeln ihren Spaß zu gönnen. Man war ja auch mal jung.

Neulich in der Sparkasse hatte ich es mit einem adretten, sympathisch aussehenden, jungen Mann zu tun. Es ging um ein ganz alltägliches Bankgeschäft. Mein Gegenüber erhöhte bei meinem Anblick deutlich die Phonzahl und sprach sorgfältig artikulierend in kurzen, leicht verständlichen Sätzen. Ich war so verblüfft, dass ich nur ein verärgertes „Junger Mann, ich höre noch sehr gut!" herausbrachte. Die Idee, ihn bei meiner Antwort in Lautstärke, Artikulation und Satzbau nachzuahmen, kam mir erst, als ich wieder auf der Straße stand.

Die Verkäuferin im Sportgeschäft, die auf meinen Wunsch, Jogginganzüge zu sehen, mit der erstaunten Frage „Für Sie?" reagierte, habe ich ebenso niedergemacht wie die Dame an der Kasse der eleganten Lederwarenhandlung, die meine Eurocard mit dem Kompliment „Dass sie damit noch fertig werden!" in Empfang nahm.

Nun darf man nicht meinen, dass solche Taktlosigkeiten nur nördlich des Mains passieren. Meine badischen Landsleute können es auch. Im vergangenen Herbst, als ich nach einer Beerdigung von Karlsruhe aus in Richtung Essen fuhr, fand ich einen freien Platz im Großraumwagen neben einem ernst dreinblickenden jungen Mann. Wir sprachen bis kurz vor Mannheim kein Wort miteinander.

Als ich Anstalten machte auszusteigen, erkundigte sich mein Nachbar, wo ich denn hin müsse. Ich erklärte ihm, dass ich wegen der Plötzlichkeit der Reise (Beerdigung, Sie wissen schon!) ausnahmsweise in Mannheim umsteigen müsse, anstatt wie sonst direkt nach Essen zu fahren. Er trug mein relativ leichtes Gepäck auf den Bahnsteig und setzte zu folgendem Zuspruch an: „Jetzt wolle mer mal unser Fahrpläne raushole und gucke, dass sie mir ins richtige Zügle steige."

Während ich ihn sprachlos anstarrte, was bei mir selten vorkommt, hatte er die entsprechende Seite gefunden. „Jetzt trag ich ihne ihr Köfferle zum Bahnsteig zwei, dort sin se richtig", versicherte mir mein Retter. Inzwischen hatte ich die Sprache wiedergefunden. „Des brauche se net, mei Köfferle hat Rädle", erklärte ich ihm honigsüß lächelnd und ließ ihn stehen.

Auf dem Weg zur Unterführung passte ich sehr auf, dass mein „Köfferle" nur ja nicht umkippte, wie es das bei zügigem Tempo meinerseits gerne tut. Für den Rest der Strecke kreisten meine Gedanken zäh und unablässig um das Thema Vergänglichkeit.

Im Fernsehen oder in der Großstadt begegnen mir manchmal alte Damen mit einem kräftigen Blaustich in der Frisur. Die sehen irgendwie mondän aus. Zugegeben, die sind auch viel eleganter angezogen als ich. Und ob das helfen würde, weiß man auch nicht so genau. Also lass ich das lieber und bleibe die kleine Oma.

Mord in Dartmoor

Es ist einer dieser viel zu warmen Juliabende, die man am angenehmsten unter einem alten Baum in einem alten Sessel und möglichst bei einem Glas Bier oder Wein verbringt. Es können auch zwei sein. Aber nein, ich habe versprochen, mich zu diesem Schreibabend einzufinden.

Da sitze ich also in Sabines gemütlichem Wohnzimmer und kaue an meinem Bleistift wie in der Schule beim Aufsatz. Wie damals oft liegt mir die gestellte Aufgabe überhaupt nicht: „Eine englische Übersetzerin ist im Begriff, eine berühmte, ebenfalls englische, in Dartmoor lebende Schriftstellerin zu besuchen." Aus dieser Situation soll ich einen Kurzkrimi entwickeln.

Was weiß denn ich, wie englische Übersetzerinnen denken und wohnen und aussehen (Ich sollte vielleicht doch mehr Krimis im Fernsehen gucken). Mit welchem Verkehrsmittel wird sie sich nach Dartmoor begeben? Wo ist das eigentlich? Wenn sie ein Auto hat (Übersetzerinnen verdienen, wie man hört, ausgesprochen wenig, was gegen ein eigenes Auto spricht), also wenn sie aus irgend einem englischen Grund doch ein Auto hätte, könnte man den Linksverkehr einbauen. Fährt sie mit dem Bus, dann kann man sie an der Haltestelle Schlange stehen lassen. Das gibt was her. Mit dem Zug läuft das vielleicht so wie bei uns. Da ist nicht viel herauszuholen.

Was für eine Frau ist die Schriftstellerin, die sie besucht? Am einfachsten und ergiebigsten wird es sein, Lesben aus den Beiden zu machen. Das kommt zur Zeit gut an, und da könnte dann gleich die Post abgehen. Aber wie im Einzelnen bei denen die Post abgeht, weiß ich auch wieder nicht.

Und überhaupt habe ich keine Lust, mich über Lesben lustig zu machen. Das lass ich lieber weg.

Da verpasse ich der Schriftstellerin lieber einen smarten Lover, da kenne ich mich aus. Dem könnte dann die Übersetzerin schöne Augen machen, sie könnte ihn der Schriftstellerin sogar ruckzuck ausspannen und im Gegenzug eine besonders einfühlsame Übersetzung des neuesten Romans der so Betrogenen liefern. Vielleicht sollte man aus der Übersetzerin eine Französin machen, denn erstens ist das für die Verführung gut, und zweitens muss sie ja in irgend eine nichtenglische Sprache übersetzen. Aber so brandneu ist dieser Plot auch wieder nicht.

Man könnte aus den beiden Hauptpersonen auch zickige, schon etwas angejahrte Weiber machen, die eine erfolgreich und entsprechend mondän, die andere mehr ärmlich, aber immer noch von großer erotischer Anziehungskraft. Halt irgendwie französisch.

Vielleicht hat die große Schriftstellerin der kleinen Übersetzerin Gift in den Earl-Grey-Tee gemischt. Das wäre die Rache für den ausgespannten Lover. Man könnte dann die Tassen verwechseln, wie bei der Kaffee-Hag-Reklame. Die Schriftstellerin stirbt einen langsamen, rätselhaften Tod, die Übersetzerin durchschaut den Zusammenhang und lässt nach kurzer Überlegung das maschinengeschriebene Manuskript mitgehen, nicht ohne vorher die Teetassen sorgfältig ausgewaschen zu haben. Madame macht sich etwas hastig vom Acker beziehungsweise vom Teetisch und nimmt den nächsten Flieger nach Paris. (Mon dieu!)

Ein Vierteljahr später bringt sie – natürlich in ihrer Muttersprache – ihren ersten eigenen Roman heraus. Der spielt pikanterweise im englischen Milieu und wird ein überwältigender Erfolg.

Aber vielleicht sollte man als Übersetzerin lieber gleich eine Russin nehmen. Von wegen der russischen Seele und der slawischen Leidenschaft. Und überhaupt trinken ja Russinnen viel lieber Tee als Französinnen. An so was muss man denken beim Dichten.

www.ingramcontent.com/pod-product-compliance
Lightning Source LLC
LaVergne TN
LVHW041843070526
838199LV00045BA/1412